Ursula Krull von der Linde
Komm rein, die Tür ist offen

Ursula Krull von der Linde

Komm rein, die Tür ist offen

FOUQUÉ LITERATURVERLAG
Egelsbach • Frankfurt a. M. • München • New York

Die Deutsche Bibliothek – CIP-Einheitsaufnahme
Krull von der Linde, Ursula: Komm rein, die Tür ist offen / Ursula Krull von der Linde.–
Egelsbach ; Frankfurt a.M. ; München ; New York : Fouqué, 1999
ISBN 3-8267-4503-5

Autorin und Verlag unterstützen das Albert-Schweitzer-Kinderdorf in Hessen e.V.,
das verlassenen Kindern und Jugendlichen ein Zuhause gibt.
Wenn Sie sich als Leser an dieser Förderung beteiligen möchten, überweisen Sie bitte
einen – auch gern geringen – Betrag an die Sparkasse Hanau, Kto. 19380, BLZ 506 500 23,
mit dem Stichwort »Literatur verbindet«, Autorin und Verlag danken Ihnen dafür!

Imprint der Verlagsgruppe Dr. Hänsel-Hohenhausen®
Egelsbach • Frankfurt a.M. • München • New York
Boschring 21-23 • D-63329 Egelsbach • Fax 06103-44944 • Tel. 06103-44940

ISBN 3-8267-4503-5
1999

Satz und Lektorat: Jutta Martini
Titelbild: Holzschnitt *Katzen* von Ursula Krull von der Linde

Printed in Germany

Dieses Buch wurde für tierliebe Menschen geschrieben, besonders für Katzenfreunde und solche, die es werden wollen.

Diese Geschichte habe ich in den vielen Jahren, die ich mit meiner über alles geliebten Menschenfrau zusammenlebte, erzählt. Ob sie einmal die Zeit finden wird, sie für Tierfreunde und in liebevoller Erinnerung an mich aufzuschreiben, muß ich ihr überlassen.

Sie fand die Zeit und erzählt sie hier.

Wie mein Leben eigentlich begann, weiß ich nicht mehr. Doch an meine Mutter kann ich mich noch gut erinnern. Für mich war sie eine sehr schöne Katzenmama mit weichem dreifarbigem Fell und sehr aufmerksamen Augen, die immer darauf achteten, daß ich mit meinen Geschwistern nicht zu viel Unheil anrichtete. Ganz besonders erinnere ich mich an ein wunderbares Gefühl von Geborgenheit und Wärme, wenn ich bei ihr lag und sie mich von oben bis unten ableckte. Auch muß sie mir gute Manieren beigebracht haben, aber das ist wohl auch Charaktersache.

Mit zwei Geschwistern lag ich in einem großen Karton auf einer bunten Decke, und wir waren immer schön satt. Der Rand unseres Kartons war zum Glück nicht sehr hoch, so daß es uns im Laufe der Zeit gelang, ihn zu überwinden. Mit meinen Geschwistern bin ich oft durch die Wohnung gesaust. Wir haben Verstecken gespielt, oder wir fielen uns gegenseitig an und der andere mußte sich wehren und selbst zum Gegenschlag ausholen. Nach all diesen herrlichen Spielen landeten wir aber immer wieder in der schützenden Obhut unserer Mutter, die uns dann das zerzauste Fell wieder in Ordnung brachte und uns liebevoll versorgte. Dann kuschelten wir uns, wenn wir müde vom Spielen waren, voll Wohlbehagen an ihr weiches warmes Fell, um eine Weile zu schlafen.

Diese unbekümmerten Spiele nahmen aber ein jähes Ende. Meine beiden Geschwister wurden weggegeben und waren plötzlich nicht mehr da. Ich vermißte sie sehr. Auch meine Mutter verließ oft den Karton und suchte vergeblich in allen Ecken nach ihnen. Um sie zu trösten, versuchte ich, mit meiner Mutter zu spielen. Ich biß ihr in die Ohren oder versuchte ihren Schwanz festzuhalten, wenn er sich unruhig hin und her bewegte. Sie gab mir dafür all ihre Liebe und reiche Kost, die ich nun ganz alleine genießen durfte. Dieses Glück währte jedoch nur wenige Tage, dann zog viel Unruhe und Unordnung in die Wohnung ein. Es wurden Koffer und Kartons gepackt, Schränke auseinanderge-

nommen, und nichts stand mehr an seinem Platz. Ich betrachtete dieses Durcheinander mit großem Staunen und suchte mir immer neue Verstecke, um von dort aus das Treiben zu beobachten. Wenn es nötig war, flüchtete ich in unseren Karton. Auch meine Mutter wurde unruhig in diesem Chaos und legte oft schützend ihre Pfote auf mich, wenn ich bei ihr war.
Am nächsten Tag kamen viele fremde Männer und trugen alles aus der Wohnung heraus. Meine Mutter schien besonders besorgt um mich zu sein, denn sie putzte mich öfter als sonst, und jedesmal sagte sie zu mir: »Was auch kommen mag, solltest du jemals von mir getrennt werden, so versprich mir, niemals aufzugeben und um dein Leben zu kämpfen, wenn nötig mit Krallen und Zähnen, und vergiß nie, daß es Liebe gibt. Aber es ist schwer, sie zu finden.« Sicher hat sie geahnt, daß sich vieles ändern würde, und ihre Befürchtungen wurden nur zu bald wahr.
Als es dunkel wurde, packte mich eine grobe Hand und brachte mich viele Treppen hinunter auf die Straße. Da stand ein großes Auto, vollgestopft mit den Möbeln und Kartons aus der Wohnung, in der ich bisher gelebt hatte.
Der Mann hielt mich so fest, daß ich mich kaum rühren konnte. Er ging mit mir in einen großen dunklen Hof, in dem hohe Bäume standen und rundum viele große Häuser, eines wie das andere. Die Leute nannten sie Plattenbauten. Da setzte mich der Mann auf ein Beet und verschwand hinter einer Tür. Bevor ich begriff, was geschehen war, war er schon weg. Ich war wie erstarrt. Dann trippelte ich zu der Tür, stellte meine Vorderpfoten dagegen und fing jämmerlich an zu schreien und zu rufen, aber niemand hörte mich. Ich sehnte mich nach der Wärme meiner Mutter, doch mich umgab nur Dunkelheit und Kälte. Hilflos und voller Angst drückte ich mich an der Mauer der Häuser entlang. Noch nie war ich woanders gewesen als bei meiner Mutter in dem Karton und in der Wohnung.

All mein Schreien nützte nichts, so daß ich es bald aufgab und versuchte, all die neuen Gerüche und Geräusche meiner Umgebung zu erfassen. Ein heftiger Wind trieb Papier, leere Blechdosen und schrecklich knisternde Plastiktüten durch die Gegend, so daß ich vor Angst nicht wußte, wo ich hinlaufen sollte. Doch endlich fand ich eine schmale Maueröffnung zwischen zwei Balkonen, die zwei Häuser miteinander verband. Da kroch ich hinein und duckte mich zusammen. Mir war kalt, aber hier war ich wenigstens ein wenig vor dem Wind geschützt, der meinen Augen weh tat und überall heulte. Gern hätte ich mich umgedreht, aber das ging nicht, weil es zu eng war. So kroch ich rückwärts wieder heraus und setzte mich vor den Mauerspalt, aber da pfiff mir der Wind in die Ohren, bis ich herausfand, daß ich auch rückwärts hineinkriechen konnte. Dort blieb ich lange, lange sitzen und lauschte auf die vielen unbekannten Geräusche, die mich umgaben.
Dieser Mauerspalt blieb lange Zeit mein Unterschlupf, und später fand ich heraus, daß ich mich darin auch umdrehen konnte, wenn ich mich auf die Hinterbeine stellte, mich dabei drehte und wieder auf die Vorderbeine fallen ließ. Ich fühlte mich sehr verlassen und unglücklich, und die Kälte ließ mich fast erstarren. Gern hätte ich geschlafen, doch die Angst vor all dem Unbekannten riet mir, wachsam zu bleiben. So döste ich nur mit halbgeschlossenen Augenlidern vor mich hin. Gegen Morgen muß ich wohl doch eingeschlafen sein, denn ich erwachte, als ein Sonnenstrahl in meine Mauerhöhle fiel und meine erstarrten Glieder etwas wärmte. So stand ich auf, machte erst einmal einen großen Buckel, bevor ich mich draußen in die Sonne setzte und versuchte, mich zu putzen und mein zerzaustes Fell zu glätten. Von dieser entsetzlichen Nacht an sah ich meine Mutter nie mehr wieder, und ich weiß nicht, was aus ihr geworden ist.
Die Vögel in den hohen Bäumen fingen an zu zwitschern. Das war etwas Neues für mich, und ich spähte voller Neugier nach ihnen, doch ich konnte sie nicht sehen, da die Bäume schon Blätter hatten. Es war Frühsommer. Langsam und vorsichtig

kroch ich unter einen Balkon, scharrte ein Loch und ließ einen großen See hinein, das mußte sein. Dann untersuchte ich voll Neugier die nähere Umgebung meines Unterschlupfes. Ich fand in der Nähe einen Strauch mit Blättern, die sich im Wind bewegten, und versuchte, sie mit meinen Vorderpfoten festzuhalten. Das war ein Spiel, das ich noch nicht kannte und was mir trotz meiner Not etwas Spaß machte. Ein Stück weiter schien ein Weg zu sein, denn von dort kamen Kinder mit großen Taschen auf dem Rücken.

Ich versteckte mich unter einem Busch und wartete in respektvoller Entfernung, bis sie vorbei waren, aber es kamen immer mehr. Dann war es auf einmal wieder still. Durst und Hunger quälten mich, und ich schlich von Busch zu Busch, bis ich zu einigen großen Tonnen kam, in die eine Frau einen großen Beutel geschleudert hatte, wie ich von weitem gesehen hatte. Als ich

die Tonnen endlich erreichte, sah ich viel Papier und Unrat herumliegen und erschrak jedesmal, wenn der Wind das Papier bewegte. Etwas zum Fressen konnte ich nicht finden, aber hinter einer Tonne stand eine flache, längliche Büchse, die nach Fisch roch und voll Wasser war. Erst tauchte ich meine Pfote in das Wasser und erschrak, weil es so kalt war, dann leckte ich mir die Pfote wieder sauber und schleckte soviel aus der Büchse, wie ich nur konnte, um wenigstens den schlimmsten Durst zu stillen.
Später kam dann manchmal eine Frau und stellte mir ein Schüsselchen oder einen Pappteller mit Essensresten an die Tonnen, aber sie war stets in Begleitung eines großen Hundes, den sie an einer kurzen Leine hielt, denn er fletschte jedesmal die Zähne, wenn er mich sah.
Ab und zu kam auch ein kleines Mädchen, um sich zu mir zu setzen, mich zu streicheln oder mit mir zu spielen. Manchmal nahm sie mich auch auf den Arm, oder sie riß einen Zweig von einer Weide ab und ließ ihn auf dem Rasen hin und her gleiten, damit ich ihn fangen und festhalten konnte. Das hat mir viel Spaß gemacht. Oft gab sie mir auch die Wurst von ihrem Schulbrot oder legte mir eine ganze Hälfte ihrer Schnitte in das Gras, die ich dann eifrig abschleckte. Eine andere Frau rief mich manchmal von ihrem Balkon aus und nannte mich »Miez, Miez«. Dann warf sie mir ein Stück gekochtes Fleisch zu oder stellte mir ein Schälchen warme Suppe an die Kellertür. Es gab aber auch Tage, an denen ich gar nichts bekam und lernen mußte, eine Maus oder einen kranken Vogel zu fangen.

So waren Wochen und Monate vergangen. In meinem schmalen Mauerspalt wurde es zu eng zum Schlafen. Hin und wieder fand ich eine geschützte Ecke unter einem der Balkone und ab und zu stand auch ein Kellerfenster offen, und ich konnte einige Stunden in einem Keller schlafen.
Meine größten Feinde waren die Hunde, die es hier in Massen und in allen Größen gab. Besonders die, die ohne Leine liefen, jagten mir jedesmal Angst und Schrecken ein, wenn ich sie sah.

Zu meinem Glück oder Unglück – wie sich später herausstellte – gab es auch viele Autos, die besonders an den Abenden und nachts vor und hinter den Häusern standen. Sie boten mir Schutz, wenn ich in Bedrängnis kam oder einer der Hunde mich jagte. Besonders große Autos waren für mich interessant, weil man bequem von unten hineinkriechen konnte. Manchmal, wenn sie gerade abgestellt worden waren, waren sie auch noch warm.
Einmal, als ich der Wärme wegen wieder in einen großen Lastwagen gekrochen war, mußte ich wohl ganz fest eingeschlafen sein. Denn als ich erwachte, spürte ich neben dem fürchterlichen Getöse des Motors neben mir auch noch einen entsetzlichen Schmerz an meinem Schnäuzchen. Wie ich damals aus dem Auto herausgekommen bin, weiß ich nicht mehr. Überall war Blut. Soviel ich auch leckte, es tropfte unaufhörlich, und ich hatte keine Unterlippe mehr. Zu meinem Glück stand in der Nähe ein Kellerfenster auf, in das ich hineinschlüpfte und versuchte, erst einmal mit diesem entsetzlichen Schreck fertig zu werden.
Tagelang blieb ich in dem Keller. Nur des Nachts, wenn alles still war, wagte ich mich ab und zu hinaus, um den schlimmsten Durst zu stillen oder etwas Freßbares zu finden, aber die Wunde schmerzte so sehr, daß ich tagelang nichts fressen konnte. Auch ein Teil der vorderen Zähnchen war weg, aber die großen Fangzähne oben und unten waren noch da, so daß ich später wenigstens noch Mäuse fangen konnte. Es waren schlimme Wochen voller Hunger und Schmerzen, immer auf der Flucht und nirgends zu Hause. Im Laufe der Zeit wucherte wildes Fleisch über die Wunde, die Schmerzen ließen nach, und ich versuchte, alles Freßbare mit Hilfe der Zunge oder der Fangzähne aufzunehmen, um endlich wieder einmal satt zu werden.

Die Zeit verging. Der Herbst kam mit viel Wind und Regen und der Winter mit Eis und Schnee. Ich suchte nach Häusern mit offenen Kellerfenstern, durch die ich auf ein Heizungsrohr ge-

langen konnte. Doch es wurden immer mehr Fenster geschlossen, um Wind und Kälte den Eintritt in die Häuser zu verwehren.
An schönen sonnigen Tagen brachte mir der Herbst aber auch etwas Freude. Die Blätter fielen von den Bäumen. Das kannte ich noch nicht und versuchte, sie aufzufangen, oder ich fuhr mit beiden Vorderpfoten in einen Blätterhaufen, in dem der Wind raschelte. Manchmal trieb der Wind auch die Blätter im Kreis herum, und ich rannte ihnen hinterher. Auch unter den Balkonen, wo ich manchmal Unterschlupf suchte, hatten sich kleine Blätterhaufen angesammelt. Sie waren weich und trocken und wärmten auch ein wenig. Da habe ich, wenn es windstill war, auch etwas geschlafen.

Langsam gewöhnte ich mich an dieses herrenlose Leben in Schmutz und Elend, und es wuchs so etwas wie ein Selbsterhaltungstrieb in mir. Ich dehnte meine nächtlichen Streifzüge aus und suchte Bekanntschaften mit anderen Artgenossen. Schon lange beobachtete ich einen großen gelbroten Kater, den ich oft in einem winzig kleinen Garten sah. Von dem Garten aus führten einige Stufen auf einen Balkon, und in dem Garten stand eine kleine Birke, auf die man flüchten konnte, wenn Gefahren drohten. Auch einige Weidenbäume standen nicht weit von der Birke entfernt, unter denen man sich herrlich verstecken konnte, denn die Zweige berührten fast den Boden. Dort hielt ich mich tagsüber oft auf und lernte bald den großen gelbroten Kater kennen, nachdem er mich in seinem Garten entdeckt hatte. Er schien von mir nicht sehr begeistert zu sein, als wir uns in angemessener Entfernung gegenüber saßen. Er sagte: »Was suchst du hier, du Winzling? Das ist mein Revier, also hau ab!« Aber so schnell ließ ich mich nicht vertreiben und fragte ihn etwas schüchtern: »Weißt du, wo ich die Liebe finde?« Er schien sich das Lachen zu verbeißen und sagte: »Was willst du damit. Sieh lieber zu, daß du etwas auf die Rippen bekommst und erst einmal ein bißchen größer wirst.« »Das versuche ich ja schon

immerzu, aber es gibt so wenig zu fressen«, antwortete ich. Nachdem er einige Zeit geschwiegen hatte, sagte er: »Du kannst ab und zu von meinen Tellern naschen, da bleibt oft etwas übrig. Sie stehen da oben auf dem Balkon. Ich heiße übrigens Duffi«, setzte er noch hinzu. »Und wie heißt du?« Ich senkte mein Köpfchen und sagte: »Das weiß ich nicht, aber eine Frau da drüben nennt mich immer Miez Miez, wenn sie mich ruft.« »Du bist vielleicht ein putziger Kerl und mußt noch viel, viel lernen.

So nennen uns alle Menschen, wenn sie nicht wissen, wie wir heißen." Dann drehte er sich um und ging seiner Wege. Ich dachte noch eine Weile über seine Worte nach und war traurig, weil ich keinen Namen hatte. Dann schlich ich vorsichtig auf den Balkon und fand tatsächlich einen Teller mit einem Rest richtigem Katzenfutter, ein Schüsselchen mit Trockenfutter und daneben ein Napf mit Wasser. Noch nie hatte ich etwas so gutes gefressen, und im Nu war der Teller blitzblank. Mit dem Trokkenfutter hatte ich anfangs einige Schwierigkeiten, doch mein Hunger ließ mich auch diese bald überwinden.

Des Nachts, wenn ich Duffi in der Wohnung wußte, suchte ich oft auf dem Balkon nach Futterresten und hatte hin und wieder das Gefühl, daß er mir mehr Reste übrigließ als sonst. Dann legte ich mich auf ein Kissen, das auf einem alten Stuhl lag, rollte mich zusammen und fühlte mich wie ein König.

Gegen Morgen, wenn es noch dunkel war, verließ ich aber diesen Ort und versuchte in einem Wiesenstück, das zwischen den großen Häusern und einer Straße lag, mein Glück mit dem Mäusefang. Mein Selbsterhaltungstrieb und der Wille zum Leben wurden immer stärker. Es gelang mir immer öfter, eine dieser begehrten Mahlzeiten zu erwischen. Meine Sinne schärften sich. Ich konnte förmlich riechen, wo sich unter der Erde ein Mäusegang befand. Mein Gehör war so gut, daß ich das leiseste Fiepen oder Rascheln hörte, und ich lernte, mich anzuschleichen, ohne ein Hälmchen zu knicken. Manchmal hatte ich allerdings große Schwierigkeiten, mit meinem schlecht verheilten Kinn die Mäuse zu zerkleinern, aber mit der Zeit lernte ich, auch damit fertig zu werden. Es war köstlich, in diesen kalten, Sternen übersähten Herbstnächten auch einmal eine warme Mahlzeit zu ergattern. So gab es also auch in dieser trüben Jahreszeit glückliche Momente in meinem sonst recht trostlosen Dasein.

Eines Morgens, als ich wieder einmal auf Duffis Balkon genächtigt hatte, war über Nacht der Winter eingezogen. Die nächtliche Stunde war noch erfüllt von atemloser Stille. Der Mond schien Sterne auf den Schnee zu zaubern, denn in seinem Licht glitzerte es, als wäre alles mit silbernen Spinnfäden überzogen, und vereinzelt fielen noch kleine Silbersternchen vom Himmel. Voller Andacht betrachtete ich die märchenhaft verzauberte Welt. Lange saß ich unbeweglich auf der Mauer des Balkons und staunte über die Veränderungen, nahm auch ein Pfötchen hoch, an dem einige Schneeflöckchen hingen. Sie rochen nach nichts, und ich leckte sie ab. Und sie schmeckten auch nach nichts. Dann sprang ich ganz behutsam und vorsichtig auf die Treppenstufen und schritt langsam in den Garten. Schritt für Schritt stapfte ich in das weiße Etwas, und überall da, wo ich meine Pfoten hinsetzte, blieb ein Loch. Da ich ein dringendes Bedürfnis hatte, scharrte ich ein Loch und war erstaunt, wie leicht das ging, viel leichter als mit Sand oder Erde. Als ich unter die Weide mit den tiefhängenden Zweigen kriechen wollte, bekam ich einen Schreck, denn ich hatte einen Zweig berührt und von oben rieselte eine ganze Menge Schnee auf mich herab. Schnell rannte ich weg und schüttelte mich erst einmal, weil mein Fell ganz naß geworden war. Dann ging ich weiter auf meine nächtlichen Raubzüge.

Doch ich kannte die Schrecken des Winters noch nicht. Den Sturm und die Kälte, das Schneetreiben und den Mangel an Mäusen. Die Futterreste von Duffi froren am Teller fest, so daß ich nur daran lecken konnte. Ich suchte wieder an Mülltonnen nach Essensresten, aber wenn schon einmal etwas dalag, war es steinhart. Oder ich paßte auf, wenn jemand auf einen Balkon kam. Dann setzte ich mich in den Schnee und schrie so jämmerlich, wie ich nur konnte. Manchmal hatte ich Glück, und man warf mir etwas zu, aber immer klappte das auch nicht. So suchte ich wieder nach offenen Kellerfenstern, um mich wenigstens auf eine warme Heizung legen und meinen Hunger verschlafen zu können.

Die Heizungsrohre verbanden ein Haus mit dem anderen, so daß ich entlang der Rohre in mehrere Häuser gelangen konnte. Als ich wieder einmal auf der Suche nach einem geeigneten

Schlafplatz war, kam ich in ein Haus, in dem ich noch nie gewesen war. Irgend jemand kramte in einem Keller herum. Von dem Geräusch angezogen – und neugierig, wie ich war –, schlich ich in die Nähe des Kellers, um in die offene Tür sehen zu können, blieb aber vorsichtshalber auf der Heizung sitzen. Der Heizungsgang war durch Latten von den Kellern abgetrennt und verschlossen. Ich konnte bequem durch die Latten hindurch schlüpfen, aber ein Mensch kam da nicht durch.

Als sich die Kellertür bewegte, sah ich, wie sich eine alte Frau bemühte, die Tür abzuschließen. Ihr Gesicht war voller Runzeln und eine dicke Brille saß auf ihrer Nase. Ich ließ mein traurigstes Maunzen ertönen, und sie sah mich erstaunt an, kam ein paar Schritte näher an den Lattenzaun und sagte: »Na du kleines Kerlchen, wo kommst du denn her? Du hast sicher Hunger? Warte, ich bring‘ dir etwas. Ich weiß noch vom Krieg her, wie schlimm Hunger ist, und jetzt kannst du ja auch draußen nichts finden.« Ich harrte der Dinge, die da kommen sollten, und blieb auf der Heizung sitzen.

Nach einer geraumen Zeit kam die alte Frau wieder und stellte mir ein Schüsselchen mit Fleischbrühe und Nudeln in die Nähe des Lattenzaunes. Sie sah mich freundlich an und sagte: »Das wird dir bestimmt schmecken. Ich habe es heute früh gerade frisch gekocht.» Der Duft zog verführerisch in meine Nase, aber ich bezwang mich und wartete, bis die Frau den Keller wieder verlassen hatte. Dann stürzte ich mich auf die köstliche Mahlzeit und konnte nicht aufhören zu fressen, bis aber auch gar nichts mehr in dem Schüsselchen war. Nachdem ich mir einen geeigneten Schlafplatz gesucht und mich geputzt hatte, schlief ich schnurrend mit einem unbeschreiblichen Gefühl des Wohlbehagens ein. Ohne diese gute Frau und ihr Mitgefühl wären die langen kalten Wintermonate für mich ein einziger Überlebenskampf geworden. Wenn auch nicht an jedem Tag ein Schüsselchen gefüllt war, so fand ich doch hin und wieder etwas darin. Mal waren es klein gedrückte Kartoffeln mit Soße, mal ein Brei aus Haferflocken oder ein Süppchen mit Reis oder Gries. Ab

und zu war auch etwas Fleisch dabei. Wenn dieses Futter auch nicht dazu beitrug, daß ich groß und stark werden konnte, so half es mir aber doch, diesen ersten Winter meines Lebens zu überstehen.

Endlich kam der Frühling, und weiße Wölkchen zogen am blauen Himmel entlang ihre Bahn. Die Vögel kamen aus dem Süden zurück und zwitscherten ihre zarten Melodien in den Bäumen. Die grauen Winterwiesen verwandelten sich allmählich in lichtes

Grün. Oft lag ich jetzt in Duffis Garten. Dort fühlte ich mich sicherer als sonst irgendwo und aalte mich in den ersten wärmenden Sonnenstrahlen. Nach der dunklen, kalten und dürftigen Winterzeit war die Sonne für mich lebensnotwendig. Auch die ersten zarten Mäuschen konnte ich erhaschen. Wenn ich auch gewachsen war, so blieb mein Gewicht doch weit unter dem meiner Artgenossen, die ein zu Hause hatten. Ich merkte auch, daß mein Leben irgendwie anders war als das anderer Katzen, deren Fell glänzte und die wohlgenährt durch die Gegend strichen.

In diesem Frühjahr wurde ich –an welchem Tag wußte ich nicht – ein Jahr alt und war fest entschlossen, mein Leben zu ändern. Leben wollte ich, das stand fest, aber nicht so wie bisher. Wie ich das ändern konnte, wußte ich allerdings auch nicht.

Mit Duffi verband mich inzwischen so eine Art Männerfreundschaft auf Distanz. Wir duldeten uns, und er gab mir manchen guten Rat. Als ich ihm einmal davon erzählte, daß ich mein Leben verändern wollte, riet er mir, einen Menschen zu suchen, der mich gern hat und mir ein zu Hause gibt, in dem es nicht an Futter mangelt, und der mit mir spielt, wenn ich das will. Der Rat war gut, und ich habe oft und lange darüber nachgedacht, wie ich das wohl anstellen sollte, und wo ich so einen Menschen finden könnte. Meine Hochachtung für Duffi stieg mächtig. Er war für mich der Boß in allen Dingen, und da er mindestens dreimal so groß war wie ich, war das ja auch die natürlichste Sache der Welt. Seine Futterreste halfen mir, im Laufe der Zeit etwas kräftiger zu werden und meine Geschmacksnerven zu verfeinern. Doch der Mangel an Menge zwang mich noch immer, alles zu fressen, was mir vor die Pfoten kam. Es kam aber auch vor, daß ich mich beleidigt und stolz mit angelegten Ohren und im seitlichen Rückwärtsgang abwandte, wenn mir verdorbene und schon übelriechende Brocken von Wurst, Käse oder Fleisch zugeworfen wurden. Schon zu oft hatte ich Magenschmerzen oder Durchfall von solch hastig hinuntergeschlungenen und nicht mehr ganz einwandfreien Mahlzeiten bekommen. Da war

mir das stundenlange Warten auf eine Maus bekömmlicher. So hatte ich wenigstens ein Naturprodukt, das alle Nährstoffe enthielt, die mein ausgemergelter Körper brauchte. Dazu kam noch, daß sich bei diesem unterhaltsamen Spiel meine Muskeln straffen und entwickeln konnten.
Die Erfahrungen, die ich im ersten Lebensjahr gemacht hatte, waren teilweise sehr hart gewesen, aber sie hatten mich auch klug und weise gemacht. So hoffte ich, die Zukunft besser zu meistern als das vergangene Jahr, ohne zu ahnen, daß auch da noch schreckliche Ereignisse mein Leben verändern würden.

Schon seit längerer Zeit beobachtete ich bei meinen Streifzügen eine ältere Frau in einem Garten, der so ähnlich aussah wie der, in dem Duffi wohnte. Sie schien erst zugezogen zu sein. Der Garten, von dem aus auch Stufen auf einen Balkon führten, war noch ohne Bäume und sah ziemlich ungepflegt aus. Der Zaun war primitiv und schief. Rund um den Garten war Ödland, mit Klee und Unkraut bewachsen. In dem hohen Klee konnte man herrlich versteckt dösen oder schlafen. Auch konnte ich von da aus Duffis Garten sehen und ihn im Notfall schnell erreichen. Hier versteckte ich mich oft und beobachtete jede Veränderung oder hörte auf die Stimme der Frau, wenn sie sich auf dem Balkon aufhielt. Oft war auch ein etwas jüngerer Mann bei ihr, der viel reparierte und hämmerte und vermutlich beim Einrichten half. Manchmal kamen beide auch in den Garten hinaus und berieten miteinander, wie sie dieses oder jenes verändern wollten. Die Frau war schlank und blond und gefiel mir mit ihrer sanften ruhigen Stimme. Doch vorerst ließ ich mich nicht sehen, denn meine Scheu vor Menschen war nicht geringer geworden, und ich brauchte sehr viel Zeit, um meine Beobachtungen und Eindrücke zu verarbeiten und nachzudenken.
Doch meine leisen Hoffnungen, in ihr meine Menschenfrau zu finden, die mich gern hat und mir eine Heimat gibt, schwanden bald dahin, denn von meinem Versteck aus sah ich sie wochenlang nicht mehr. Doch nach einiger Zeit öffneten sich endlich

wieder die Fenster und die Balkontür. Sie war wieder da, aber sie bewegte sich langsam und mühevoll an zwei Stöcken. Wie ich erst viel später erfuhr, hatte sie ein neues Hüftgelenk erhalten und mußte nun erst wieder laufen lernen. Nach zehn Tagen waren wieder alle Fenster und Türen verschlossen, und ich fragte mich, ob ich sie jemals wiedersehen würde.

Vier lange Wochen dauerten meine Zweifel, denn sie war zu einer Kur gewesen. In dieser langen ungewissen Zeit mußte ich eines meiner schlimmsten und nachhaltigsten Erlebnisse verkraften. Es geschah an einem dieser schon recht warmen und sonnigen Frühsommertage. Wieder einmal lag ich in dem hohen Klee neben dem Garten meiner schon im Stillen ausgewählten Menschenfrau und döste vor mich hin. Auf dem großen Hof, zu dem diese Kleewiese gehörte, war es an diesem späten Vormittag recht ruhig. Die Kinder, die sonst den Hof bevölkerten, waren wohl noch in der Schule, und nur hin und wieder kamen ein Mann oder eine Frau mit vollen Einkaufstaschen den Weg entlang. Ich lag im Halbschatten und war wohl doch fest eingeschlafen, als mich ein riesengroßer Schäferhund aufstöberte. Ich hatte gerade noch Zeit zu flüchten und rannte um mein Leben. Völlig atemlos erreichte ich ein kleines Bäumchen, das in der Nähe eines Trafohäuschens stand, aber nur wenig Schutz bieten konnte. Mir wäre ein Auto zum Unterschlüpfen lieber gewesen, aber zu dieser Tageszeit war der Parkplatz fast leer, und die wenigen Autos, die noch da standen, waren zu weit weg. Doch ich war erst einmal so weit oben, daß mich der Hund nicht erreichen konnte. Der stand hechelnd mit hängender Zunge und – wie mir schien – riesigen Zähnen unter mir. Mein Schreck und die Angst waren so groß, daß ich von dem Baum aus weiter auf das flache Dach des Trafohäuschens sprang, von dem ich natürlich allein nicht wieder herunter konnte. Ich brauchte einige Zeit, bis ich mich von dieser angsterfüllten Hetzjagd beruhigt hatte. Auch mußte ich warten, bis der Riesenhund den Hof wieder verlassen hatte. Da er mich auf dem Dach nicht sehen konnte, trottete er bald durch eine Einfahrt davon.

Die Sonne hatte das Dach schön erwärmt, und ich brachte erst einmal mein Fell wieder in Ordnung, denn mir standen im wahrsten Sinne des Wortes die Haare zu Berge. In meiner Unerfahrenheit ahnte ich nicht, daß mir an diesem Schreckenstag ein noch weit schlimmeres Ereignis bevorstand. Mein Hunger war groß, aber der Durst war noch schlimmer. Gern hätte ich jetzt in Duffis Garten gelegen, wo ich mich einigermaßen sicher fühlte, aber zunächst einmal mußte ich von diesem Dach wieder herunterkommen. Von meinem hohen Standort aus konnte ich die Einfahrt, die von der Straße in den Hof führte, gut überblikken und legte mich auf die Lauer. Meine Hoffnung stieg, als ich einen Mann kommen sah, der eine Aktentasche unter dem Arm trug. Ich setzte mich in Position und ließ mein traurigstes »Miau« ertönen, doch der Mann war so in Gedanken versunken, daß er es wohl gar nicht gehört hatte und achtlos an dem Trafohäuschen vorbeiging. Unmittelbar hinter dem Mann kam eine Gruppe großer Jungen, die mich wohl schon von der Einfahrt aus erblickt und gehört hatten. Einige von ihnen trugen dunkle Lederjacken, und einer war damit beschäftigt, die letzten Reste aus einer Bierdose zu schlürfen. Sie blieben unter mir stehen und schauten hoch zum Dach. Dann steckten sie ihre Köpfe zusammen und berieten etwas. Der Kleinste von ihnen stieg auf die Schultern eines anderen und dann auf ein Gitter, das zum Ranken von Pflanzen an der Seite des Trafohäuschens angebracht war. Ich sah vorsichtig, aber auch neugierig dem Treiben vom Rand des Daches aus zu und ahnte nichts Böses bei dieser Rettungsaktion. Als aber nicht weit von mir entfernt der Kopf des Jungen auftauchte, wollte ich doch erschrocken zurückweichen, aber er packte mich mit einer Hand so fest, daß ich heftig zu fauchen anfing. Der Griff war so fest und derb wie damals, als man mich von meiner Mutter wegtrug. Meine heftige Gegenwehr half nichts. Ich biß und kratzte, fauchte und knurrte, aber als er mit mir unten ankam, preßte er meinen Brustkorb so fest zusammen, daß ich kaum noch Luft bekam. Ein anderer Junge war damit beschäftigt, einen Faden, den er aus seiner Hosentasche zog, an der leeren Bierbüchse zu befestigen. Dann hielt ein anderer meinen Schwanz fest, und ein dritter band das andere Fadenende an mein Schwänzchen. Mein Herz klopfte bis zum Hals, und ich schrie jämmerlich. Mit lautem Gejohle ließen sie mich endlich laufen und rannten hinter mir her. Das Getöse der Blechdose, die hinter mir her donnerte, brachte mich bald um den Verstand. Ich lief, wie von einer Furie gehetzt. Als die Entfernung zwischen den Jungen und mir etwas größer wurde, warfen sie auch noch mit Steinen hinter mir her. Je schneller ich rannte, um so größer wurde der Lärm. Ich erreichte einen anderen Hof und flüchtete unter einen großen Busch, in dem sich der Faden mitsamt der Büchse um einen Ast wickelte und zerriß. In meiner Angst lief ich noch immer weiter mit dem Rest des Fadens an meinem Schwanz, aber wenigstens ohne den bisherigen Lärm. Als ich endlich nach Luft ringend zum Stehen kam, versuchte ich, das störende Fadenende zu entfernen. Doch so einfach war das nicht, da mein Schwanz nach dieser polternden Raserei auf das Dreifache seines Umfanges angeschwollen war. Völlig erschöpft sprang ich in ein offenes Kellerfenster, um wieder etwas Sicherheit zu spüren. An diesem Tag beschloß ich, mich nie mehr von einem Menschen anfassen zu lassen und besonders um Kinder künftig einen großen Bogen zu machen. Diesem Entschluß blieb ich mein Leben lang weitgehend treu, wenn es auch später einige Kompromisse gab. Nach einiger Zeit nahm mein Schwanz wieder seine normale Größe an, aber es dauerte doch lange, bis ich endlich das Fadenende lösen konnte. Trotz Hunger und Durst verließ ich den Keller erst kurz nach Mitternacht, schlich in Duffis Garten, verzehrte auf dem Balkon die Futterreste und stillte meinen Durst mit Wasser. Dann begab ich mich auf meine Wiese, um noch eine Maus zu erhaschen und richtig satt zu werden. Die frische Morgenluft sog ich in vollen Zügen in mich hinein. Die atemlose Stille der nächtlichen Stunde sowie die Ruhe ringsum ließen mich in die Wirklichkeit des Alltags zurückkehren. Nur hin und wieder huschten die Lichter eines Autos auf der nahen Straße vorbei. Der Mond zog am Himmel seine Bahn und tauchte alles in ein gespenstisches Licht. Noch bevor es hell wurde und die Sonne aufging, schlich ich in den hohen Klee bei dem Garten der älteren Frau mit den blonden Haaren und den freundlichen Augen und fiel endlich in einen tiefen Schlaf.

Nach einiger Zeit erwachte ich, als das schon wohlbekannte »Miez, Miez« ertönte. Nachdem ich mich erst einmal ordentlich gedehnt und gestreckt hatte, hoffte ich, etwas Freßbares zu bekommen und begab mich zu der Stelle, die mir schon hin und wieder als Futterplatz diente. Auch Duffi kam von seinem Garten angerannt. Sicher wollte auch er etwas Besonderes erhaschen. Zu uns gesellte sich noch eine schwarzweiße Katze mit einem gepflegten Fell. Sie hatte sicher ein gutes zu Hause und suchte nur etwas Abwechslung. So schauten drei erwartungsvolle Augenpaare zu der Frau auf dem Balkon im ersten Stock empor. Bald rieselten einige Geflügelknochen mit Fleischresten und ein kleingeschnittenes Würstchen auf uns herab. Die Würstchenscheiben sprangen und rollten durch die Gegend, was ich sehr lustig fand, so daß ich ihnen vergnügt nachrannte. Ich eroberte drei Scheiben, die noch zusammenhingen, und verzog mich damit in den Klee, um sie in Ruhe zu verzehren. Duffi hatte einen der Geflügelknochen erhascht und trug ihn stolz in seinen Garten, um die Fleischreste abzunagen. Die gepflegte schwarzweiße Katze suchte noch immer wählerisch, fand aber wohl nichts Passendes, das gut genug gewesen wäre, von ihr verzehrt zu werden.

Als ich mein letztes Wurststück aufgefressen hatte, hörte ich ganz in der Nähe einen neuen, unbekannten Schnalzlaut. Es klang fast so, wie wenn Störche klappern oder Rehe sich rufen. Dieser Laut kam von der Frau, die ich mir heimlich als meine Menschenfrau auserwählt hatte. Ganz langsam, Schritt für Schritt ging ich durch den krummen Zaun in den kleinen Garten und blieb vorsichtig und zögernd auf der untersten Stufe zu ihrem Balkon sitzen. Ängstlich und fragend sah ich zu ihr hoch und sah sie das erste Mal aus der Nähe. Sie hielt ein Tellerchen in der Hand, sah mich freundlich an und sagte: »Komm du kleiner Matz, ich stell' dir hier etwas Gutes hin. Das kannst du in Ruhe fressen.« Sie setzte den Teller auf den Balkon, ging in die Küche und machte die Balkontür zu. Der Duft des Futters stieg mir verführerisch in die Nase, und ich schlich geduckt Stufe für Stufe auf den mir noch unbekannten Balkon. Erst einmal inspizierte und beroch ich alle Gegenstände. Anscheinend kamen nachts auch andere Artgenossen hierher, denn einige Tisch- und Stuhlbeine rochen streng nach ihren Markierungen. Dann überzeugte ich mich, daß die Tür zur Küche auch wirklich zu war. Erst dann ging ich zu dem Teller und umkreiste ihn, ehe ich mich so setzte, daß ich die Tür sowie den Fluchtweg zum Garten gut überblicken konnte. Der Teller war voll gefüllt, so daß ich beim Fressen nicht verhindern konnte, daß einige Stückchen auf den Boden fielen. Wegen meiner fehlenden Unterlippe und des wilden Fleisches auf der Narbe mußte ich das meiste Futter mit der Zunge aufnehmen. Dabei rutschte der Inhalt des Tellers immer weiter nach hinten. Aber ich erwischte das meiste und verzog mich dann ebenso vorsichtig, wie ich gekommen war, in den kleinen Garten. Die Sonne brannte zu dieser Mittagszeit schon sehr. So suchte ich mir ein schattiges Plätzchen unter einem Busch und putzte mich erst einmal intensiv. Seit langer Zeit war ich endlich wieder einmal satt und zufrieden. Das wichtigste war aber, daß ich mich erstmals meiner Menschenfrau gezeigt hatte, der erste kleine Erfolg bei dem Vorhaben, diese Menschenfrau für mich zu gewinnen.

Zufrieden blinzelte ich vor mich hin und beobachtete einen Marienkäfer, der mit schnellen Schritten einen Grashalm emporstrebte, um an seiner Spitze die Flügel auszubreiten und im hellen Sonnenschein davonzufliegen. Von diesem Tag an war meine Versorgung mit Futter gesichert. Wenn mich auch noch eine große Zurückhaltung und Scheu beherrschten, so beschlich mich doch so etwas wie das beglückende Gefühl eines kleinen Triumphes. Diese Feststellung machte mich glücklich und zuversichtlich.

Diese Art der Versorgung klappte einige Wochen lang ganz gut, und bei warmen Wetter stand auch schon hin und wieder die Balkontür auf. Sobald aber ein Geräusch aus der Küche kam oder meine Menschenfrau an der Tür erschien, war ich wie der Blitz von dem Balkon verschwunden. Ich sah sie dann oft etwas hilflos und traurig an der Treppe stehen. Ihre Augen suchten nach mir, und wenn sie mich erblickte, sagte sie: »Ich tue dir doch nichts. Du bist so ein hübsches Kätzchen, daß ich dich bestimmt ganz lieb haben könnte.« Ach wie gern hörte ich diese Worte mit ihrer sanften Stimme. Nach allen meinen schlimmen Erfahrungen war mein Mißtrauen so groß, daß ich es kaum überwinden konnte, und sicher noch viel Zeit brauchte, um den Weg zu einem Menschen, dem ich vertraute, finden zu können. Im Laufe der Zeit duldete ich es aber, daß sie in der Küche stand, wenn ich auf dem Balkon mein Futter fraß. Doch mehr als ein bis zwei Meter durfte sie sich mir nicht nähern, dann war ich fort. Ob ich noch hungrig war oder nicht, spielte dabei keine Rolle. Wenn ich dann aber allein irgendwo vor mich hin döste, klangen ihre wohltuenden Worte noch lange in mir nach und waren Balsam für meine wunde Seele. Manchmal ärgerte ich mich darüber, daß ich so scheu war, denn innerlich fühlte ich mich zu ihr hingezogen und hätte ihr gern gezeigt, daß sie mir gefiel.

Durch das regelmäßige Futter wurde ich nun endlich etwas kräftiger und dehnte meine nächtlichen Streifzüge erheblich aus. In der Nähe meines bisherigen Aufenthaltsortes befanden sich etliche Schulgebäude mit großen Höfen. Da hielt ich mich gerne auf und fand auch hin und wieder einen kleinen Leckerbissen. Das Schönste aber war ein schwarzweißes Kätzchen namens Minka. Sie hatte wunderschöne Augen, die zwischen bernsteingelb und grün schillerten und ein seidiges weiches Fell.

Duffi hatte mich ja schon ab und zu mitgenommen zu sogenannten Herren- oder Katertreffen. Da durfte ich nur aus einer gewissen Entfernung zusehen, wenn eine Katze erobert wurde. Minka aber hatte ich allein gefunden, und ich ließ sie fünf Tage und fünf Nächte nicht aus den Augen, bis ich sie erobert hatte und sie mir gehörte.

Einmal aber, es war am zweiten oder dritten Tag, an dem ich mich bei meiner Menschenfrau nicht hatte blicken lassen, begegnete ich ihr zufällig, und wir waren wohl beide etwas erschrocken. Ich befand mich gerade mit Minka in der Nähe eines Supermarktes hinter den Schulen. Wir tummelten uns auf dem Parkplatz unter den Autos, denn Minka versuchte immer und immer wieder, sich mir zu entziehen, aber ich folgte ihr überallhin und fand sie auch, wenn sie sich versteckte. Plötzlich stand meine Menschenfrau vor mir und sah mich erstaunt und mit großen Augen an. Sie war auf dem Weg zum Einkaufen. Erschrocken sagte sie zu mir: »Ja sag mal, was machst du denn hier, so weit von zu Hause weg?« Das Wort »zu Hause« tat mir ja ordentlich gut, trotzdem sah ich sie ebenso fassungslos an wie sie mich. Mein Blick war durch Minkas Gegenwart so nach innen gerichtet, als lebte ich in einer anderen Welt. Bestimmt hat mein Frauchen den Eindruck gehabt, daß ich sie gar nicht erkannte oder erkennen wollte. Erst als sie Minka sah, die gerade vorwitzig hinter dem Vorderrad des Autos, unter dem wir uns befanden, hervorlugte, sagte mein Frauchen: »Ach so ist das. Du hast dir ja ein hübsches Kätzchen ausgesucht. Na ja, dann verstehe ich auch, warum du nicht nach Hause zum Fressen kommst. Paß nur gut auf dich auf und komm bald wieder.« Mit diesen Worten ging mein Frauchen weiter und verschwand bald in dem Supermarkt.

Nachdem ich die kleine Minka erobert hatte, kehrte ich zu meinem Frauchen zurück und lag eines Morgens zusammengerollt auf ihrer Balkon. Als sie die Tür vorsichtig öffnete, war ich so erschöpft und müde von den vielen Nächten ohne Schlaf, daß ich sie diesmal bis auf einen halben Meter an mich heranließ. Sie stellte mir vorsichtig mein Futter auf den Fußabtreter und machte die Tür von innen wieder leise zu. Erst blieb ich noch etwas liegen, aber dann siegte doch der Hunger über meine Trägheit, und ich verschlang alles, was auf dem Teller war, mit Heißhunger.

Von da an schlief ich nachts auf dem Balkon meines Frauchens. Als sie das merkte und die Nächte schon kühler wurden, baute sie mir ein schönes Nachtlager unter dem Balkontisch. Sie setzte drei Kartons ineinander, legte alles auf die Breitseite, klappte die zwei schmalen Enden und den unteren breiten Deckel vorne auf, legte dann einen Stock über die Seitendeckel und den oberen Deckel wie ein Dach darüber. In dem Karton lag ein schönes weiches Kissen, auf dem ich einigermaßen vor Wind und Kälte geschützt gut schlafen konnte. Glücklich und zufrieden lebte ich in den Tag hinein. Mein Futter war gesichert, einen festen Schlafplatz und Unterschlupf hatte ich auch, einen kleinen Garten davor, in dem aber nur zwei dünne, magere Bäumchen standen, die weder Schutz noch Schatten spendeten. Aber da

war auch noch der schöne hohe Klee neben dem Garten, in dem ich so gerne lag.
Trotzdem fühlte ich mich oft einsam, denn die Angst vor den Menschen war immer noch größer als mein Vertrauen zu ihnen. Manchmal traf ich auch Duffi wieder in seinem Garten und erzählte ihm von meiner Eroberung und dem Frauchen. Er hörte mir geduldig zu und sagte dann: »Siehst du, ich habe dir doch gleich gesagt, du sollst dir einen Menschen suchen, bei dem du ein zu Hause und eine Heimat finden kannst. Wenn du es gut verstehst, dann kannst du mit der Zeit diesen Menschen wie weiches Wachs in deinen Pfoten behandeln. Dann wird er fast immer machen, was du willst. Vielleicht findest du dann auch die Liebe, die du schon so lange suchst.«
Oh ja, Duffi wußte Bescheid und hatte in seinem langen Leben viel gelernt. Er war aber auch von klein auf in lieben Menschenhänden gewesen und mußte nicht solche Schrecken und Ängste durchstehen, wie sie mir in meinen ersten Jahren widerfuhren. Duffi hatte Vertrauen zu den Menschen. Er war aber auch mindestens doppelt so groß wie ich und hatte viel mehr Kraft, um sich zu wehren, wenn es nötig war. Mir stand ja auch erst der zweite Winter bevor, und Duffi war schon fünf oder sechs Jahre alt. Er hatte von klein auf Futter bekommen, ohne sich Sorgen machen zu müssen, wo es herkommen solle oder wo zu finden sei. Diese Sorge war ich ja nun auch los, seit ich ein Frauchen hatte.

Bald schon wurde es an den noch warmen Sommerabenden früher dunkel, und ich sah, wie sich viele der zwitschernden und flinken Schwalben zu großen Schwärmen zusammenfanden. Oft saßen sie wie Perlen auf einer Schnur auf den Strom- und Telefonleitungen. Auch Wildgänse und Kraniche zogen mit viel Geschrei unter den Wolken dahin, die in der Dämmerung in pastellfarbenen Tönen dahinsegelten. Duffi sagte mir, daß sei jedes Jahr so, wenn der Herbst komme.
»Was ist der Herbst?« fragte ich ihn. »Das ist die Zeit, in der die

Blätter von den Bäumen fallen, und Sturm und Regen kommt. Dann wird es kalt.« An die vielen bunten Blätter und ihr Rascheln im Wind konnte ich mich noch gut erinnern. Auch an den Regen, der mich zwang, hinter einem Kellerfenster oder unter einem Auto zu warten, bis er aufhörte, wenn ich nicht naß werden wollte. Oh ja, ich erinnerte mich noch gut daran, daß ich oft nicht gewußt hatte, wo ich unterkriechen sollte, wenn es anfing zu regnen. Doch jetzt waren die Nächte noch warm, so daß ich mich oft nur auf dem Teppichboden des Balkons ausgestreckt und zufrieden zum Schlafen legte. Erst wenn es gegen Morgen kühler wurde oder ich von einem meiner nächtlichen Streifzüge zurückkam, legte ich mich mit Wohlbehagen auf das weiche Kissen im Karton und schlief, bis sich am Morgen die Balkontür öffnete. Das war immer ein spannender Moment, in dem ich mich fragte, was mir mein Frauchen wohl heute servieren würde. Sie suchte jeden Tag eine andere Geschmacksrichtung für mich aus. Das wußte ich sehr zu schätzen, achtete aber darauf, daß der Sicherheitsabstand zwischen uns gewahrt blieb. Sie respektierte das auch, sagte aber immer einige freundliche Worte zu mir, wenn sie das Futter brachte.

Das ging so lange gut, bis der erste Frost kam. Da stand eines Tages das Futter in der Küche neben dem Kühlschrank. Von meinem Frauchen war nichts zu sehen, aber ich hörte ihre Stimme, wie sie sagte: »Komm rein, die Tür ist offen.« Mir strömte eine wohlige Wärme entgegen. Nach einigem Zögern wagte ich mich zu meinem Teller und empfand das Fressen in dieser Umgebung als äußerst angenehm. Nachdem ich mich an diese Art der Fütterung gewöhnt hatte, was ungefähr acht Tage dauerte, kam ich schon freiwillig in die Küche, wenn sie die Tür öffnete. Doch nun änderte sie die Taktik und bereitete das Futter erst zu, wenn ich artig in ihrer Nähe saß. Sie schnitt alles ganz klein, damit ich es mit meinem lädierten Kinn besser fressen konnte. Dann erst stellte sie es an meinen gewohnten Futterplatz. Da passierte es dann schon mal, daß ich ihr und dem Teller erwartungsvoll entgegenkam. Eines Tages, als ich mich gerade über meinen Teller gebeugt hatte, berührte sie mich ganz zart und streichelte meinen Rücken, so daß ich heftig erschrak und angsvoll zusammenzuckte. Im Laufe der Zeit wiederholte sich das aber öfter, und ich fand Gefallen daran und bedankte mich ab und zu bei ihr, indem ich ihr um die Beine strich. Die Wärme, das gute Futter, ihre liebe Stimme und das Streicheln meines Rückens ließen mich endlich die Scheu vor ihr verlieren und langsam Vertrauen aufkommen. Mit großer Vorsicht ging ich mit ihr durch die Wohnung und besah mir alles ganz genau.

Je kälter es draußen wurde, um so öfter hielt ich mich tagsüber in der Wohnung auf und hatte mir den einzigen Sessel, der im Wohnzimmer stand, als meinen Schlafplatz ausgewählt. Sobald sich aber der Tag neigte, und die Dämmerung kam, wollte ich hinaus. Den ganzen Winter über schlief ich in dem Karton unter dem Balkontisch. Als aber der Frost stärker wurde, hat mein Frauchen eine dicke Wolldecke und darüber noch eine Lacktischdecke über den Balkontisch gehängt. Das alles reichte bis zum Fußboden, und nur eine kleine Öffnung war als Eingang für mich frei. So war ich zwar vor Schnee und Wind geschützt, aber die Kälte kroch des Nachts doch bis in die kleinsten Winkel. Es kam manchmal vor, daß ich morgens ganz steif war und unbeholfen in die warme Küche stakste, wo ich Frostbatzen beim Verzehren meines Menüs aber bald auftaute. Wenn ich mich dann satt und zufrieden in meinen Sessel kuschelte, war die Welt wieder in Ordnung. Doch trotz allem guten Zureden von meinem Frauchen – ich solle am Abend hereinkommen und schön im Warmen schlafen – blieb ich meinem Vorsatz treu, zumindest die nächtliche Freiheit vorerst nicht aufzugeben. Sie sollte ruhig merken, daß ich trotz meiner Scheu und Ängstlichkeit auch einen eigenen Willen hatte, der nicht so schnell zu brechen war. Durch die Behaglichkeit der Wohnung, die Nähe meines Frauchens und das zufriedene Sattsein lernte ich auch das Schnurren wieder. Lange schon hatte ich es nicht mehr gehört und wußte gar nicht, daß ich es noch konnte.

Manchmal kam mein Frauchen auch vorsichtig an den Sessel, wenn ich darin lag, und streichelte mir ganz zart über den Kopf und den Rücken. Das waren dann längst vergessene Glücksmomente, die mich stark an die Geborgenheit bei meiner Mutter erinnerten.

Seit ich wußte, wie unbeschreiblich schön es ist, wenn man gestreichelt wird, liebte ich die Hände meines Frauchens ganz besonders. Wenn sie wieder einmal an meinem Sessel stand, versuchte ich oft, eine dieser Hände festzuhalten. Diese Aktion war aber fast immer mit Schwierigkeiten verbunden. In meinem bisherigen Leben gab es für mich nur die eine Devise: alles, was ich besitzen wollte, mit meinen scharfen Krallen festzuhalten und nicht mehr loszulassen. So konnte es passieren, daß meine Krallen oft tief in ihrer Haut landeten und blutende Kratzer oder Wunden hinterließen. »Au, Au«, sagte sie oft, aber sie schimpfte nie, sondern sprach ruhig, aber doch eine Nuance anders als sonst zu mir: »Ich kann ja verstehen, daß du alles mit den Krallen festhalten willst, was du möchtest, aber du tust mir damit sehr weh! Vielleicht lernst du es noch, meine Hände ohne Krallen zu halten?« Ich habe sie dann immer sehr betroffen und mit großen Augen angesehen, was zur Folge hatte, daß sie mir beruhigend über den Kopf strich und sagte: »Ist schon gut, du kannst ja nichts dafür, daß du keine Samtpfötchen kennst.«

Bei ihr bekam ich endlich auch einen Namen. Darauf war ich ganz besonders stolz. Sie nannte mich Charly. Auch Duffi freute sich über diese Neuigkeit, als ich ihn wieder einmal in seinem Garten besuchte. »Na siehst du», sagte er, »es geht doch voran. Du machst laufend Fortschritte. Jetzt siehst du auch schon viel besser aus als früher, als du so mager warst. Man hat ja immer gedacht, du bist erst ein Jahr alt, so klein und dürr warst du. Ich hatte immer Angst, daß dich der Wind wegpustet. Charly ist übrigens ein hübscher Name, der gut zu dir paßt.«

Ich war sehr stolz darüber und freute mich, außer dem Namen auch schon fast eine Heimat und einen lieben Menschen gefunden zu haben, zumindest zu wissen, wo ich hingehörte. Außer dem guten Futter hatte ich auch noch ein Dach über dem Kopf. Mein Frauchen mußte aber eine unendliche Geduld mit mir haben. Neben den vielen Vorteilen, die mir ihre Gegenwart bot, wollte ich meine Unabhängigkeit nicht aufgeben. Wenn sie einmal unvermutet hinter mir stand, fühlte ich mich sofort bedroht und fauchte sie heftig an. Auch durfte sie mich nie mit zwei Händen anfassen. Da wehrte ich mich sehr und wurde aggressiv. Sie achtete aber meine Gefühle und ließ mir viel Zeit zum Eingewöhnen. Unser Zusammenleben war zwar etwas schwierig, aber schön. Meine Begeisterung für sie kannte kaum Grenzen, was auch auf Gegenseitigkeit beruhte. Mein Frauchen hieß Susanne, wurde aber von allen, die sie kannten, Susi genannt. Ihr Bekanntenkreis war sehr groß, denn sie war von freundlicher Wesensart und allgemein beliebt.

Wir mußten uns eben erst noch ein bißchen zusammenraufen. Für mich gab es noch so viel Unbekanntes kennenzulernen und zu erforschen, daß ich bestimmt noch viel Zeit brauchte, um mich hier ohne Angst heimisch und zu Hause zu fühlen. Schlimm waren die unbekannten Geräusche, die es in und um den Haushalt gab. Als erstes fuhr ich mit gesträubtem Fell aus meinem Sessel hoch und suchte das Weite, als Susi den Fernseher einschaltete. Der stand nicht weit entfernt hinter meinem Sessel. Als eine mir unbekannte Männerstimme im Hintergrund ertönte, war ich fort und verzog mich in den Klee neben dem Garten. Erst Stunden später betrat ich wieder zögernd das Wohnzimmer. Da war der schwarze Kasten noch immer an, aber Susi hatte ihn so leise gestellt, daß man bei gutem Gehör gerade das Nötigste verstand. Das einzige, was mich viele Monate später daran interessierte, waren die Bilder, die sich bewegten. Da schaute ich schon einmal einige Zeit vom Sofa aus zu, als eine Sendung über wilde Katzen gezeigt wurde. Das interessierte mich natürlich, wenn ich auch nicht verstand, um was es da ging.

Den größten Schrecken jagte mir aber ein Monster ein, das Staubsauger genannt wird. Schon, wenn er gebracht wurde mit seinen Schläuchen und Schnüren, war bei mir höchste Alarmstufe angesagt. Wurde er eingeschaltet, war ich auf der Flucht Daran hat sich bis heute nicht viel geändert. Aber jetzt, nachdem Jahre vergangen sind, gucke ich auch schon einmal von meinem Sessel aus zu, wenn Schlafzimmer und Korridor abgesaugt werden. Kommt dieses Monster aber in meine Nähe, verziehe ich mich lieber.

Sehr erschreckend und völlig unbekannt war für mich anfangs auch das Klingeln des Telefons oder der Türglocke, aber daran habe ich mich inzwischen gewöhnt. Schlimm ist auch heute noch das Geräusch von knisternden Zellophantüten. Die haben mich in den ersten Stunden meiner Heimatlosigkeit so sehr erschreckt, daß sie mir noch immer unheimlich erscheinen, und ich einen großen Bogen mache, um ihnen nicht zu nahe zu kommen. Doch mein Frauchen hilft mir mit unendlicher Geduld und Liebe, viele dieser Ängste zu vergessen oder zumindest zu verringern.

Große Angst hatte ich vor dem schwarzen Handfeger. Wenn meine Susi den in der Hand hatte, war ich aus der Küche verschwunden und wartete in respektvoller Entfernung bis das Ding wieder an seinem Platz stand. So ganz dunkel und von weit entfernt kam mir in Erinnerung, daß ich als ganz kleines Kätzchen, als ich noch bei meiner Mutter war, schon einmal mit diesem Gegenstand Bekanntschaft gemacht hatte. Doch weshalb man mit einem solchen Handfeger nach mir geworfen hatte, weiß ich nicht mehr. Mir ist aber noch bewußt, daß ich damals aus dem Stand heraus meinen ersten großen Sprung in die Höhe gemacht hatte, um nicht getroffen zu werden, und selbst erstaunt gewesen war, wie hoch ich springen konnte. Meinen Geschwistern waren vor Bewunderung fast die Augen aus dem Kopf gefallen, und ich war stolz wie ein Sieger gewesen!

Susi nahm den Handfeger mehrmals am Tag zur Hand, um die Reste des Futters aufzukehren, die, da ich wegen der Behinderung eine eigene Freßmethode entwickelt hatte, oft über den Tellerrand rutschten. Obwohl sie jeden Morgen das große Brett, auf dem meine Teller standen, mit Küchenkrepp bespannte, hinterließen die Reste meiner Mahlzeiten , wenn sie auf den Tellern keinen Halt mehr fanden, oft ihre Spuren. Heute bleibe ich bei dieser Aktion ruhig sitzen und betrachte aus der Nähe, wie sie das macht. Manchmal stupse ich auch schon mit der Vorderpfote nach dem Handfeger. Dann streichelt mich meine Susi und legt den Handfeger vor mich hin, damit ich ihn genau beschnuppern kann.

Unser Alltag brachte auch viel Abwechslung, denn es kamen oft Freunde und Bekannte meines Frauchens zu Besuch. Anfangs war ich allerdings diesen Leuten gegenüber sehr ängstlich, weil ich sie noch nicht kannte, und darum oft auf dem Fluchtweg in den Garten, wenn es klingelte und ein mir unbekannter Mensch unsere Wohnung betrat. Meine Aufregung war dann immer sehr groß. Besonders schockiert war ich, als Frauchens Freund, ein alter Herr mit grauen Haaren und – o Schreck – mit einem Hund namens Bobby kam, und ich ihn das erste Mal erblickte. Ich war gerade in der Küche beim Fressen, als die beiden die Wohnung betraten. Als mich der Hund sah, zog er die Lippen kraus und zeigte mir seine Zähne. Zum Glück hielt sein Herrchen die Leine kurz, so daß mich der Hund nicht erreichen konnte. Ich war aber auch schon auf dem Balkon, um, wenn nötig, eine weitere Flucht in den Garten anzutreten. Als es sich Susi mit ihrem Freund und dem Hund im Wohnzimmer gemütlich gemacht hatte, kehrte ich an meine Futterschüsseln zurück und hörte gerade, wie Susi sagte: »Ich möchte diesem kleinen Kater gern eine Heimat geben, aber das wird Differenzen bringen und bestimmt auch einiges verändern. Eines Tages werde ich ihn sicher lieben wie ein eigenes Kind.« Ihr Freund antwortete darauf: »Das mußt du ganz alleine wissen und entscheiden. Aber wie stellst du dir das mit Bobby vor? Er haßt Katzen und kann sie nicht ausstehen.« »Wir müssen eben viel Geduld mit den beiden haben. Du wirst sehen, in einem halben oder dreiviertel Jahr akzeptieren sich die zwei«, sagte sie. »Wie willst du das machen?« fragte er. »Das wird nie etwas werden.« »Du wirst sehen, daß ich recht habe! Wenn wir Bobby im kleinen Zimmer an der langen Leine lassen, so daß er genügend Bewegungsfreiheit hat, und Charly läuft frei in der Wohnung herum, dann werden sich beide aneinander gewöhnen.« Doch der Freund war sehr skeptisch und sagte: »Das glaube ich nicht. Das wird bestimmt nicht klappen. Du kannst es ja versuchen.«

Meine Susi jedoch war optimistisch und voller Hoffnung, als ihr Freund mit seinem Bobby wieder nach Hause ging. Sie kam in die Küche, um mich liebevoll zu streicheln, und sagte zu mir: »Wir bleiben zusammen, und du sollst es gut bei mir haben. Ich bringe es nicht fertig, dich wieder vor die Tür zu setzen. Bestimmt hast du es verdient, endlich einmal glücklich zu werden und zu wissen, wo du hingehörst. Mit dem Paul und seinem Bobby werden wir schon zurechtkommen.«

Diesen Paul hatte meine Susi im Rentnerclub kennengelernt, zu dem sie jeden Mittwochnachmittag ging. Der Herr war schon recht betagt. Er war groß und schlank und in früheren Jahren sicher einmal von stattlicher Statur gewesen. Seine Haare waren ganz dünn und von feiner Struktur, wie auch sein Charakter. Er rauchte und trank nicht, war gutmütig, ehrlich und hilfsbereit. Auch machte er gern durch Späße auf sich aufmerksam, was aber mein Frauchen für das Alter nicht sehr passend fand. Sein Hund Bobby, den er über alles liebte, war eine Mischung zwischen einem Münsterländer und irgendeinem Terrier. Er war mittelgroß mit schwarzweißem Fell, kleinen grauen Punkten und treuen Augen. Seine Erziehung war aber nicht so gut, wie sie vielleicht hätte sein können. Da hatte wohl sein Herrchen einiges versäumt oder nicht beachtet. Mir tat er manchmal etwas leid, wenn er zurechtgewiesen wurde und sich nicht so verhielt, wie sein Herrchen das wollte. Die beiden kamen oft am Nachmittag zu uns, und Susi und Paul tranken zusammen Kaffee und vertrieben sich mit einem Würfelspiel die Zeit. Was aber mein Frauchen und auch mich sehr störte, war Bobbys lautes Bellen, wenn er mit Paul wieder nach Hause ging. Wurde dann die Tür zum Hausflur nicht schnell genug geöffnet, dann bellte er los –

laut und anhaltend –, so daß sich Paul und Susi anschreien mußten, wenn sie sich noch etwas sagen wollten. Sein Herrchen entschuldigte das dann immer, indem er sagte: »Der ist so temperamentvoll und voller Kraft, daß er kaum zu bändigen ist.« Für meine Begriffe war er aber einfach falsch erzogen. Diesbezüglich gingen die Meinungen zwischen meinem Frauchen und ihrem Freund oft auseinander, doch daran war kaum noch etwas zu ändern. Weder an den Menschen noch an ihren begangenen Fehlern ist viel zu verbessern.
Im Laufe der Zeit gewöhnte sich Bobby aber auch an mich und ich mich an ihn. Nach einem dreiviertel Jahr durfte er sich ohne Leine in der Wohnung bewegen. Zu der Zeit – es war kurz vor Weihnachten – kam er mit seinem Herrchen wieder einmal zu Besuch. Sein Herrchen machte ihn von der Leine los, und Bobby kam freudig zu dem Sessel, in dem ich lag, und wir begrüßten uns Schnauze an Schnauze so, wie sich die Menschen küssen. Damit war unsere Freundschaft besiegelt. Wenn wir auch keine Spielkameraden wurden, so akzeptierte doch einer den anderen und duldete seine Gegenwart. Seinem Herrchen blieb vor Staunen der Mund offen stehen. Er sagte zu Susi: »Hast du das eben gesehen?« »Ja«, sagte sie triumphierend. »Ich habe dir doch damals gesagt, daß die beiden sich noch verstehen werden, wenn wir genug Geduld mit ihnen haben.« »Das hätte ich nicht für möglich gehalten«, antwortete er, noch immer voller Staunen. Er freute sich riesig darüber und lobte Bobby sehr, indem er ihn liebevoll streichelte und liebkoste. Von da an waren Bobby auch die Katzen auf der Straße gleichgültig, wenn er mit seinem Herrchen spazieren ging. Sonst hatte er beim Anblick einer Katze immer heftig an der Leine gezogen, um sie zu verfolgen, wie sein Herrchen erzählte.

Weihnachten rückte immer näher, und meine Susi ließ mich oft alleine, um Einkäufe zu erledigen. Da kam sie dann mit Beuteln und Paketen oder mit einer großen Tasche mit zwei Rädern wieder. Diese Taschen nennen die Menschen Witwentröster

oder Kartoffelexpreß. Doch ehe sie alles auspackte, kam sie erst zu mir und entschuldigte sich, daß sie mich so lange allein gelassen hatte. Ihr liebevolles Streicheln machte alles wieder gut. Die Angst, daß sie nicht wieder zurückkommen würde und mich verlassen hätte, verflog im Nu, wenn ich ihr liebes Gesicht sah.

Mit großem Interesse verfolgte ich die weiteren Vorbereitungen für die weihnachtlichen Festtage. Da wurden Möbel umgestellt und aus dem Keller viele Kartons geholt. Wenn diese geöffnet waren, sah das Wohnzimmer wie ein Schlachtfeld aus, und ich konnte vor Unruhe kaum schlafen. Ich betrachtete aber auch voller Neugierde all die schönen Dinge oder spielte in den leeren Kartons oder Deckeln und versteckte mich. Wenn ich wieder einmal in einem solchen Karton saß und mich ganz klein machte, tat mein Frauchen so, als wenn sie mich nicht sehen würde, und sagte immerzu: »Wo ist denn mein kleiner Charly?«, bis ich dann mit einer Pfote herauslangte, um nach ihr zu haschen. Dann freute sie sich und sagte: »Ach, da ist er ja.« Das machte mir viel Spaß, und ich betrachtete alles mit großem Staunen.

Mein Frauchen stellte einen kleinen Baum auf einen Tisch – der kam auch aus einem Karton und war zum Aufklappen –, dann wurden viele Kerzen daran befestigt und an den Kerzen weiße Schleifchen. Alle Zweige erhielten bunte Anhänger und silberne Kugeln, und zuletzt wurde eine lange Kette mit kleinen Silberperlen von der Spitze rund um das Bäumchen bis zu der Tischplatte, auf der es stand, gewickelt. Dann wurden die Kartons, aus denen alle diese Herrlichkeiten kamen, wieder zugemacht und in den Keller getragen.

In der Wohnung duftete es nach Kuchen und Äpfeln. Überall kamen frische Decken hin, dann mußte ich auf den Balkon flüchten, weil der Staubsauger wieder in Aktion trat. Draußen war es kalt, und ich war am Überlegen, ob ich nicht lieber nachts in der Wohnung bleiben sollte. Doch zu diesem Entschluß konnte ich mich noch nicht durchringen. In den frühen Nachtstunden, wenn alles ruhig war, machte ich meine kleineren und größeren Streifzüge und kroch dann unter dem Balkontisch auf mein Kissen im Karton.

Am Spätnachmittag ging mein Frauchen erneut fort, kam aber nach kurzer Zeit mit Paul wieder, aber Bobby war diesmal nicht dabei. Dann erstrahlten alle Kerzen an dem kleinen Baum, und die beiden betrachteten die schönen Dinge, die sie sich gegenseitig geschenkt hatten. Aus dem Fernseher erklangen herrliche Melodien und Lieder. Ich bekam eine extra große Portion Futter, und Paul und Susi saßen im Wohnzimmer an einem festlich gedeckten Tisch und ließen sich das Abendbrot schmecken. Es war urgemütlich. Von meinem Sessel aus betrachtete ich das strahlende Bäumchen, genoß die Wärme im Zimmer und freute mich, ein so schönes zu Hause und so ein liebevolles Frauchen gefunden zu haben. Schnurrend und voll Wohlbehagen genoß ich diese Harmonie, bevor ich einschlief und in mein Katzentraumland gleitete.

Diesen herrlich gemütlichen Tagen der Weihnachtszeit folgte bald die für uns Vierbeiner schlimmste Nacht des Jahres, die viele Menschen als die schönste bezeichnen und die sie Silvester oder Jahreswechsel nennen. Viele Leute geben große Geldsummen aus, um Raketen, Knallkörper und Feuerwerksgegenstände in die Luft zu knallen. Das macht einen Höllenlärm, der für unsere empfindlichen Ohren unerträglich ist, und keiner von uns weiß , wohin er sich verkriechen soll. Hier in der Plattenbausiedlung ist es noch viel schlimmer als anderswo, denn meistens werden die entsetzlichen Knallkörper an oder vor der Haustür gezündet und Susis Parterrewohnung ist direkt daneben. In den Höfen und Straßen gibt es durch die vielen hohen Häuser auch noch einen Wiederhall. Zudem geht die Knallerei schon Tage vorher los, und an den Tagen nach der Silvesternacht, wo der Lärm am schlimmsten und am größten ist, werden dann die übriggebliebenen Geschosse abgefeuert. Das sind immer schlimme Tage und Nächte für uns Tiere.
Meine Susi und ihr Paul sind aber so große Tierfreunde, daß sie beschlossen haben, den Jahreswechsel nicht gemeinsam zu verbringen. So bleibt Paul bei seinem Bobby und Susi bei mir in der gewohnten Umgebung. Trotzdem verkrieche ich mich, wenn die Knallerei am lautesten ist, in die hinterste Ecke unter Susis Bett und komme erst gegen Morgen wieder hervor, wenn es draußen etwas ruhiger geworden ist.

Die kommenden Monate wurden für mich noch sehr kalt und ungemütlich in meiner Höhle auf der Balkon, aber ich konnte mich wenigstens tagsüber in meinem Sessel aufwärmen und genoß mein Zuhause und Susis Liebe. Ende März, als der Frost nachließ, wagte ich mich nachts auch einmal zu einem großen Katertreffen, hatte aber leider keinen Erfolg, sondern kam mit einer tiefen Bißwunde im Oberschenkel zurück. Da die Wunde nicht blutete, konnte man von außen nichts sehen. Erst nach Wochen bemerkte meine Susi, daß irgend etwas mit mir nicht stimmte. Ich lag fast immer nur herum und wurde reizbar. Wenn sie mich streichelte und dabei an den Oberschenkel kam, fauchte ich sie heftig an. Sie erschrak dann zwar, suchte auch besorgt nach der Ursache, aber es war nichts zu sehen. Ich schlug auch immer heftig mit der Pfote nach ihr, wenn sie mich anfassen wollte. Doch der Oberschenkel wurde immer dicker, und das Laufen fiel mir immer schwerer. Eines Tages hatte ich ein großes blutendes Loch im Bein. Als mein Frauchen das sah, war sie sehr erschrocken und dachte, ich sei von jemandem angeschossen worden. Da ich mich aber nicht anfassen ließ, ging sie zum Telefon und diskutierte heftig mit jemandem am anderen Ende. Dann ging sie zu einer Bekannten und kam mit einem großen Plastikkorb, der rundum zu war und eine Tür hatte, zurück. Den stellte sie ins Wohnzimmer, öffnete die kleine Tür und versuchte, mich hineinzulocken. Ich beschnupperte das Ding aber nur von außen und ging wieder in meinen Sessel zurück. Eine Stunde später packte mich mein Frauchen mit beiden Händen und schob mich durch die Tür des Korbes. Ich wehrte mich heftig mit den Krallen und fauchte, aber es half alles nichts. Mein Frauchen war den Tränen nahe und beteuerte immer wieder: »Lieber Charly, es geht nicht anders, wenn wir dir helfen sollen. Du mußt behandelt werden. Wir müssen mit dir zum Tierarzt.« Dann trug Susi mich zwei Häuser weiter und blieb vor dem Auto einer Bekannten stehen, die schon auf uns wartete. Mein Frauchen plazierte den Kasten, in dem ich nun eingesperrt war, auf dem Rücksitz und setzte sich neben mich. Ich versuchte mit einer Pfote, die Gitterstäbe zur Seite zu drücken, aber das ging nicht. Mein Frauchen redete mir tröstend zu, aber ich schrie sie in ärgerlichen Mauztönen an, knurrte auch zwischendurch ärgerlich. Wir fuhren einige Kilometer aufs Land, wo mein Frauchen einmal gewohnt hatte, zu einem guten Tierarzt, der früher mit ihr und ihrem verstorbenen Mann befreundet gewesen war. In dem Auto war es sehr warm, und ich kam mit hechelnder Zunge und recht aufgeregt dort an. Mein Frauchen setzte den Korb erst einmal im Wartezimmer ab, weil die Bekannte, die uns gefahren hatte, auch noch eine Katze dabeihatte, die auch in so einem Kasten saß wie ich. Die wurde zuerst behandelt. Dann wurde ich mit dem Kasten auf einen Tisch aus Metall gestellt, aber nicht herausgenommen. Alle starrten mich an, und Frauchen bat den Tierarzt, mich keinesfalls ohne Narkose zu untersuchen oder zu behandeln. Er sagte ihr, daß ich eine chronische Bronchitis hätte und er mich keinesfalls heute abend noch operieren könnte. Ich müßte mich erst einmal beruhigen. In diesem Zustand könnte er mir keine Narkose geben. Er würde mich morgen früh um sechs Uhr operieren, wenn ich ruhiger sei. Ich müßte aber nach der Operation noch vierundzwanzig Stunden in der Praxis bleiben, weil die Wunde nach dieser Zeit noch einmal gespült werden müßte. Es war auch noch von Kastration die Rede, aber ich wußte nicht, was das war. Als mich die Tierarztfrau wegtragen wollte, berührte mein Frauchen noch einmal die Gittertür, wo ich meine Pfote durchzustecken versuchte, und ich sah, daß sie Tränen in den Augen hatte. Sie sagte noch: »Sei nicht traurig, lieber Charly. Wenn du wieder gesund werden willst, muß die Behandlung sein, und ich hole dich ganz bestimmt wieder hier ab. Du kannst wieder zu mir nach Hause. Sei schön tapfer!« rief sie mir noch nach, als man mich in dem Kasten wegtrug. So traurig und unglücklich wie in diesem Moment, war ich seit langer Zeit nicht mehr gewesen.

Als ich am nächsten Tag gegen Mittag aus der Narkose erwachte, hatte ich unbändigen Durst und wollte zu einer Wasserschüssel laufen, die in der Nähe stand, aber meine Beine knickten ein. Ich erreichte irgendwie die Schüssel mit dem Wasser und trank, bis die Schüssel fast leer war. Der Schmerz in meiner Hüfte war ein anderer als der, der mich bisher gequält hatte. Auf jeden Fall war der große Druck weg, aber auch ein Teil meines Fells um die Wunde herum. Ich leckte, soweit ich die ramponierte Stelle erreichen konnte, aber es schmeckte abscheulich. Das einzige, was mich einigermaßen versöhnlich stimmte, war die Tatsache, daß ich in einem zwingerähnlichen Gehäuse steckte, mit Gras bewachsen und mit einer kleinen, mit Gras ausgelegten Hütte darin. Die Mittagssonne schien wärmend auf mein Fell, und ich roch frische Landluft, hörte die Bienen summen und Vögel zwitschern. Aber ich hörte auch einen Hund, der ein paar Zwinger weiter eingesperrt war und erbärmlich heulte. Etwas später kam die Tierarztfrau und brachte mir frisches Wasser und Futter. Sie wollte mich streicheln, aber ich wich zurück, soweit ich nur konnte. Erst als sie den Zwinger wieder abgeschlossen hatte und weiterging, schlich ich zu meinem Futternapf und fraß etwas. So langsam gehorchten mir auch meine Beine wieder, so daß ich auf den Zehen stehen konnte. Nur einmal verlor ich noch das Gleichgewicht, als ich mich umdrehen wollte, und fiel einfach auf die Seite. Den Nachmittag und die folgende Nacht verbrachte ich in tiefem Schlaf, um die letzten Reste der Narkose verrauschen zu lassen. Zartes Vogelgezwitscher weckte mich am frühen Morgen, und ich döste noch eine Weile vor mich hin. Noch immer umgab mich das geschlossene Drahtgitter meines Zwingers, aber ich hatte wenigstens Gras unter den Pfoten. Nachdem ich alle Gitterwände geprüft hatte, ob nicht doch irgendwo ein Loch zum Durchschlüpfen sei, begann ich, mich ausgiebig zu putzen. Mein Bein tat nicht mehr so weh wie in der letzten Zeit, aber es roch unangenehm, und ich leckte so viel ich konnte, um die Umgebung der Wunde sauber zu bekommen. Die Tierarztfrau brachte mir dann auch bald Futter, das ich gierig auffraß. Doch mir stand noch einiges bevor an diesem Tag. Die Tierarztfrau kam, nachdem sie alle leeren Futterschüsseln aus den Zwingern eingesammelt und in einem Eimer verstaut hatte, mit dicken langen Handschuhen zu mir, faßte mich mit zwei Händen und trug mich in das Behandlungszimmer auf den Metalltisch. Ich wehrte mich heftig, schrie und fauchte, knurrte und kratzte, aber das half alles nichts. Der Tierarzt spülte die Wunde, ob ich es wollte oder nicht. Dann kam ich wieder in den Plastikkorb, mit dem mich mein Frauchen hergebracht hatte, und wurde im Hof in der Morgensonne abgestellt. Kurz darauf kam mein liebes Frauchen mit Paul. Er hatte sie in einem Auto hergebracht, um mich zu holen. Während der Rückfahrt saß mein Frauchen wieder neben dem Käfig, in dem ich saß, und ich schimpfte und knurrte die ganze Fahrt heftig mit ihr. Ich schrie ihr all die Schmerzen und Torturen, die ich erlitten hatte, entgegen und warf ihr vor, daß sie mich allein gelassen hatte. Doch als das Auto hielt, und ich wieder unsere Luft roch und unsere Häuser und den bekannten Parkplatz sah, wurde ich friedlicher. Im Wohnzimmer öffnete Susi dann endlich die Plastikkiste und die Balkontür. Ich jagte über den Balkon in den kleinen Garten, von da aus auf den Weg und fand eine Pfütze vom letzten Regen, aus der ich gierig trank. Dann kam ich wieder zurück und strich Susi um die Beine. So zeigte ich ihr meine Freude über die Heimkehr. Sie machte mir auch gleich ein Schüsselchen mit Futter zurecht und streichelte mich liebevoll. Dann bedankte sie sich herzlich bei Paul und verabschiedete ihn, weil er es eilig hatte, zu seinem Bobby zu kommen, der zu Hause auf sein Herrchen warten mußte. Spät am Abend, als mein Frauchen schon ins Bett gegangen war, sprang ich zu ihr auf das Bett, suchte ihre Hand und legte voll Dankbarkeit mein Köpfchen in ihre Handfläche. Sie streichelte mich mit großer Zärtlichkeit und sprach liebevoll zu mir mit tausend Kosenamen. Von dieser Nacht an schlief ich auch nachts in der Wohnung. Auf einer dicken, zusammengelegten Wolldecke vor dem Spiegelschrank im Schlafzimmer träumte ich mich in die Welt des Katzentraumlandes.

Bisher war ich gewohnt, meine kleinen und großen Geschäfte tagsüber und auch während der Nacht im Freien zu verrichten. Mein liebes Frauchen hatte mir ein schönes Katzenklo im Bad aufgestellt, aber ich benutzte es bisher nie. Das wollte ich natürlich auch so beibehalten. So weckte ich gegen drei Uhr meine Susi aus ihren Träumen, ging an die Wohnungstür und maunzte. Sie war sehr verschlafen und nicht sehr erfreut über diese Unterbrechung. Da ich aber frisch operiert war, zog sie sich an und ging mit mir vor die Haustür. Ich suchte mir im Vorgarten ein geeignetes Plätzchen, was allerdings etwas Zeit beanspruchte, denn ich war sehr wählerisch. Doch endlich fand ich eine geeignete Stelle, machte mein Pfützchen, buddelte alles wieder zu und ging zu meinem Frauchen, das wartend an der Haustür stand. Wieder in der Wohnung strebte ich in die Küche an meinen Futterplatz, aber da war meine Susi eisern und schob mir nur den Napf mit dem Trockenfutter unter die Nase. Als ich wieder ins Schlafzimmer kam, um meine Wolldecke eifrig mit dem Milchtritt zu bearbeiten, lag mein Frauchen schon wieder in ihrem Bett und hatte das Licht ausgeknipst. Voll Wohlbehagen rollte ich mich auf meiner Decke zusammen und schlief schnurrend wieder ein.

Von diesem Tag an wiederholte sich diese Szene jede Nacht. Manchmal tat mir Susi leid, und ich strich ihr besonders liebevoll um die Beine. Es kam aber auch vor, daß sie recht ungehalten über diese Störung war und ärgerlich sagte: »Kannst du dir das nicht mal abgewöhnen und nachts auf deine Toilette gehen? Dein Frauchen braucht doch ihren Schlaf und mag sich nicht immer in der Nacht an- und ausziehen. Das mußten wir im Krieg zur Genüge tun, wenn zwei- oder dreimal nachts Fliegeralarm war.» Doch es änderte sich nichts, bis im Winter der Frost kam, und die Erde im Vorgarten steinhart wurde.

Auch tagsüber wußte ich mein Frauchen mit Spazierengehen zu beschäftigen. Sobald sie morgens im Bad fertig war und sich angezogen hatte, saß ich an der Wohnungstür und starrte auf die Klinke. Wenn Susi es nicht bemerkte, maunzte ich eindringlich. Dann zog sie ihre Schuhe an und, wenn nötig, eine Jacke oder einen Mantel, und wir gingen über den Parkplatz, der sich direkt vor unserem Haus befand. Ich ging ohne Leine und Halsband treu wie ein Hündchen neben, vor oder hinter ihr her, und es war manchmal nicht festzustellen, wer mehr auf den anderen aufpaßte, sie auf mich oder ich auf sie. Bei diesem Spaziergang machte ich dann meist mein kleines und großes Geschäft. Sie stand in meiner Nähe und sagte: »Frauchen paßt auf. Such

dir ein Plätzchen.« Da fühlte ich mich dann einigermaßen sicher vor Gefahren. Für meine Susi war dieses Gassigehen auch recht dienlich. So kam sie wenigstens, neben dem Einkaufen, drei- bis viermal am Tag an die frische Luft.
Den schönsten und weitesten Spaziergang machten wir abends nach acht Uhr. Da waren alle Kinder von der Straße verschwunden und die meisten Hunde auch, weil ihre Herrchen oder Frauchen dann vor dem Fernseher saßen. Wir gingen an solchen Abenden um einen drei Straßen langen Häuserblock. Frauchen achtete darauf, daß wir immer an geparkten Autos entlang gingen, wo ich schnell unterschlüpfen konnte, wenn aus einem der Häuser doch einmal unvermutet einer der großen Hunde herausgesprungen kam. Frauchen meinte, das Laufen sei für mich so wichtig wie für sie die frische Luft. An Regentagen verzichteten wir aber auf so ausgedehnte Spaziergänge. Bei allen diesen Spaziergängen versuchte Susi immer, durch Worte mit mir in Kontakt zu bleiben, wenn sie mich einmal nicht sah, und sie hatte viele Kosenamen für mich, wie: »Na komm, mein Spätzchen, du bist mein Engelchen.« Oder sie sagte: »Wo ist denn mein Mäuschen?« Ich wußte immer wo sie war, denn ich hörte ihren Schritt oder sah unter den Autos hindurch ihre Schuhe und war stets bestrebt, in ihrer Nähe zu sein und sie nicht zu verlieren. So war es immer etwas unklar, wer mehr auf den anderen aufpaßte.

In diesem Frühjahr bekam der Garten auch einen neuen Zaun und wurde schön bepflanzt. Ich paßte genau auf und prägte mir jede Veränderung gut ein. Der jüngere Mann, der meiner Susi schon beim Umzug geholfen hatte, und ihr Freund Paul ersetzten den alten krummen Zaun, der nur aus Brettern bestand, die krumm und schief miteinander verbunden waren, durch einen Jägerzaun. Nun bekam der Garten ein anderes Aussehen und bot mir auch ein klein wenig mehr Schutz, obwohl ein großer Hund den Zaun mühelos überspringen könnte. Am Zaun entlang wurden Zierbäume, Fliedersträucher, Büsche und Blumen gepflanzt. Eine Korkenzieherweide kam in die Zaunecke und ein Essigbaum auf die Rasenfläche, die die Mitte des Gartens zierte. Für mich war der Garten ein kleines Paradies. Besonders wenn die Sonne schien, hielt ich mich oft darin auf und beobachtete die Schmetterlinge und alles, was kroch und flog. Mein Lieblingsplatz war aber auf dem Balkon an der Treppe zum Garten. Da lag ich windgeschützt, konnte ringsum alles überblicken und beobachten. Die wärmende Morgensonne schien mir aufs Fell und machte die oft noch kühlen Morgenstunden erträglicher.

Seit April wühlten große Baufahrzeuge in den Höfen unserer Häuser die Erde um. Die alte Erde wurde abgetragen, auch mein geliebter hoher Klee war eines Tages völlig verschwunden. Um unseren Gartenzaun war ringsum alle Erde weg, und ein Stück weiter klaffte ein riesengroßes Loch, das mit rotweißen, furchtbar knisternden Plastikbändern abgesichert war, damit keiner hineinfiel. Dann wurden in das tiefe Loch viele lange Holzpfähle eingerammt und etliche Lastwagen Sand hineingeschüttet. Die abgetragene Erde wurde durch neue Gartenerde ersetzt. Ich war tieftraurig, daß mein schöner Klee nicht mehr da war. Von unserem Balkon aus beobachtete ich jede kleinste Veränderung. Der ganze Hof war eine einzige Baustelle mit großen Haufen Kies, Sand, Erde und Steine und dazwischen standen oder fuhren die großen Autos.
Abends, wenn alles still war und mein Frauchen und ich den letzten Spaziergang vor dem Schlafengehen machten, gingen wir oft über den Hof, und ich sauste auf die hohen Sand- oder Erdhügel, die aus meiner Sicht Berge waren. Susi warf mir dann vorsichtig kleine Steinchen zu, die natürlich wieder herunterkullerten und die ich mit viel Freude zu erwischen versuchte. Dieses Spiel dauerte manchmal eine lange Zeit. Es machte mir soviel Spaß, daß für mich der Spaziergang oft viel zu kurz war. Da, wo mein schöner Klee gestanden hatte, war jetzt ein Weg von der Hoftür bis zur Mitte des Hofes. Rechts und links davon waren Beete mit Anpflanzungen angelegt und mit Rindenmulch

bedeckt. Mit den groben Rindenstückchen ließ es sich auch ganz schön spielen, aber mein Klee war mir lieber gewesen. Ich vermißte ihn sehr. Eines Tages fingen die Bauleute an, unter alle Balkons abgerundete Steine zu schütten. Das paßte meiner Susi gar nicht, und ich sah, wie sie mit den Bauarbeitern verhandelte und ihnen zum Frühstück eine große Kanne Kaffee brachte. Schon am nächsten Morgen wurde unser Hohlraum im Garten unter dem Balkon statt mit Steinen mit schönem Sand aufgefüllt. Meine liebe Susi hatte in weiser Voraussicht dafür gesorgt, daß ich an nassen und stürmischen Herbst- und Wintertagen ein trockenes und windgeschütztes »stilles Örtchen« im Freien hatte. Später habe ich es oft benutzt, wenn Sturm, Regen und Schneetreiben einen Aufenthalt im Freien für mich unmöglich machten.

Doch ehe der Winter kam, wurde ich wieder krank. Es war Ende September, und ich wurde wieder reizbar, ließ mich kaum anfassen und lag viel herum. Zum Spielen hatte ich keine Lust mehr und fauchte mein Frauchen an, wenn sie mich streichelte. Äußerlich war nichts zu sehen. Ich hatte wieder diesen komischen Druckschmerz wie schon einmal im Oberschenkel, diesmal an einer für mich schwer erreichbaren Stelle, direkt auf dem Rükken am Schwanzansatz.

Eines Tages, als Susi mich doch einmal streichelte, wurde ihre Hand ganz naß. Die schmerzende Stelle war aufgebrochen und näßte. Erschrocken ging sie wieder zum Telefon, und das ganze Drama des Tierarztbesuches auf dem Lande wiederholte sich. Diesmal war es aber schlimmer, denn der Tierarzt versuchte, in Abwesenheit meiner lieben Susi und trotz ihrer Ermahnungen, mich nicht ohne Narkose zu untersuchen, sich die kranke Stelle näher anzusehen. Ich wehrte und widersetzte mich mit allen Waffen, die ich besaß. Verzweifelt gab das Tierarztehepaar schließlich auf und gab mir die nötigen Spritzen zur Betäubung. Wieder lag ich in dem zwingerartigen Gehäuse, als ich erwachte. Die Beine waren wie Gummi und trugen mich nicht mehr, als ich aufstehen wollte. Mein Durst war so groß, daß ich das Gefühl hatte, innerlich zu verbrennen, und am Schwanzansatz auf dem Rücken war ein handtellergroßes Stück Fell um die Wunde abrasiert. Ich schäumte vor Wut und verfiel dann in eine Art Schwermut. So unglücklich wie in dieser Zeit war ich seit langem nicht mehr. Diesmal mußte ich noch einen Tag länger dort bleiben. Es wurde auch Zahnstein von meinen Zähnen entfernt, und ich erhielt eine Menge Spritzen gegen Tollwut und Katzenseuche verpaßt. Aber zum Glück geschah dies alles, als ich in Narkose war. Vierundzwanzig Stunden nach der Operation wurde die Wunde noch einmal gespült – ohne Narkose! Ich führte den gleichen Affentanz auf wie vor der Operation, doch alles Spucken, Fauchen, Knurren und Kratzen half nichts. Ich kam mir vergewaltigt vor und wollte allen daran Beteiligten diese Tat niemals verzeihen. Wieder war ich in dem Plastikkäfig eingesperrt und stand auf dem Hof. Es war gegen Mittag, als mein Frauchen zu Fuß den Hof betrat. Ich drehte ihr den Rükken zu und tat, als hätte ich sie nicht gesehen. Sie ging erst an die Haustür, um sich zu melden und die Rechnung zu bezahlen. Irgend jemand von ihren vielen Bekannten hatte sie mit dem Auto mitgenommen und hier abgesetzt. Sie wollte mit mir in einem Taxi zurückfahren, aber an diesem Vormittag war keines aufzutreiben. Dann kam sie mit der Tierarztfrau zu mir und wollte mich begrüßen, doch ich antwortete nur mit einem ärgerlichen, nach Knurren klingenden »Miau«. Die Tierarztfrau erklärte ihr, daß wohl von der letzten Operation noch ein Eiterrest im Körper geblieben war und sich ein Fistelgang gebildet hatte, der entfernt werden mußte. Da kein Auto aufzutreiben war, entschloß sich die Tierarztfrau, uns schnell mit ihrem Auto nach Hause zu fahren. Sie sagte ihrer ältesten Tochter Bescheid, und zwanzig Minuten später kamen wir wieder auf unserem Parkplatz an. Unterwegs versuchte Susi, sich mit allen möglichen Kosenamen bei mir einzuschmeicheln, doch ich ließ nur schimpfende und vorwurfsvolle Miaus hören. Sie sagte: »Zu Hause ist alles für dein Kommen vorbereitet, und ich habe den ganzen Tag Zeit für dich. Nun wirst du ja auch bald wieder ganz gesund, mein lieber kleiner Spatz!« Zu Hause angekommen, stellte sie den Plastikkorb, in dem ich saß, wieder im Wohnzimmer ab, öffnete die Balkontür und die Tür zum Garten und dann endlich die Klappe meines Käfigs. Ich schoß hinaus in den Garten, ohne meine Susi auch nur eines Blickes zu würdigen, und war verschwunden. Susi merkte anfangs meine Empörung gar nicht, da sie der Tierarztfrau die Wohnung zeigte. Erst als die wieder weg war, kam Susi auf den Balkon und rief nach mir, aber ich tat so, als ob ich sie nicht hörte. Das wiederholte sich an diesem Tag noch mehrmals, und ich überlegte, ob ich jemals wieder zu ihr zurückkehren sollte. Susi hat nie erfahren, wo ich mich versteckt hatte. Ich konnte sie sehen, wenn sie mich rief. Ich sah auch ihre Verzweiflung und die Tränen in den Augen schimmern. Doch ich blieb standhaft und eisern meinem Vorsatz treu, ihr diese Tat nicht so bald zu verzeihen. Am Nachmittag hatte sie die Suche nach mir aufgegeben und sich an die Nähmaschine gesetzt, um für ihren Freund Paul neue Gardinen zu nähen. Langsam wurde ich unsicher, ob sie mich überhaupt noch einmal rufen oder suchen würde. Lange habe ich überlegt, ob ich zu ihr zurückgehen sollte oder nicht. Ich dachte an die Jahre meiner Herrenlosigkeit, den Hunger und die kalten Herbst- und Wintertage ohne Heimat, dachte an ihre lieben Hände, wenn sie mich streichelte, an meinen Schlafsessel im warmen Wohnzimmer und an das gute Futter, das sie mir liebevoll kleinschnitt. Letzteres war ausschlaggebend, daß ich mich zur Rückkehr entschloß. Es war inzwischen Abend geworden und schon ziemlich dunkel. Der Wind wurde stärker, die frisch operierte Wunde ohne Fell ungemütlich kalt. So schlich ich vorsichtig auf den Balkon. Die Tür zur Küche war offen und meine Näpfe gefüllt. Da ich mich noch krank und elend fühlte, war mein Appetit nur mäßig, aber dafür der Hunger nach all den Aufregungen und Qualen um so größer. So fraß ich erst einmal, bis ich das Gefühl hatte, satt zu sein. Vom Schlafzimmer her hörte ich das Rattern der Nähmaschine und spürte fast die

Verzweiflung, mit der meine Susi mit ihren Füßen das Trittbrett bearbeitete, um die Maschine in rascher Bewegung zu halten. Ein bißchen tat sie mir leid, doch Strafe mußte sein! Ohne mich bei ihr zurückzumelden, was ich sonst immer tat, rollte ich mich in meinen Sessel zusammen, um – todmüde wie ich war – den Rest dieses fürchterlichen Tages zu verschlafen und, wenn möglich, ihn zu vergessen. Bevor ich fest einschlief, hörte ich noch, wie sie anfing, das Nähzeug einzupacken und wegzuräumen. Anscheinend waren die Gardinen nun fertig. Außerdem wurde es schon dunkel draußen, und sie mußte Licht einschalten.

Dann stand sie plötzlich an meinem Sessel. Ich tat so, als ob ich es nicht merkte. Sie kniete sich vorsichtig neben den Sessel und begann damit, mir ganz zart und behutsam über mein Köpfchen zu streicheln, und mit leiser Stimme sprach sie mir zu: »Bitte, lieber Charly, sei mir doch nicht mehr böse. Ohne die Hilfe des Tierarztes wärst du elend an einer Blutvergiftung zugrunde gegangen und könntest nicht mehr erfahren, wie unendlich lieb ich dich habe, mein kleines Engelchen. Du bist doch mein ein und alles. Ohne dich wäre das Leben nur noch halb so schön wie jetzt. Du hast schon so viel Schlimmes hinter dir, daß du es in hohem Maße verdient hast, auch noch die schönen Seiten des Lebens kennenzulernen. Ich will dir gern dabei helfen, ich habe dich doch so sehr lieb.« Dabei strich sie mir fortwährend über mein Köpfchen, ganz zart und leise. Ich hatte meine Augen schon einige Zeit halb geöffnet und betrachtete ihr liebes Gesicht ganz aus der Nähe. Die zärtlichen Worte von ihr genoß ich wie ein junges Kätzchen die Nähe der Mutter. Dann leckte ich ganz zart über ihre Finger, um ihr zu zeigen, daß wir uns versöhnt hatten, und fing an zu schnurren. Vor lauter Wohlbehagen ließ ich einen Teil meiner Zungenspitze aus dem Mäulchen hängen und schloß die Augen. Gerührt und liebevoll strich mir Susi noch einmal über mein Fell und sagte dann: »Nun schlaf mal schön, mein kleines Herz, und träum etwas Schönes.« In dieser Nacht träumte ich tatsächlich von meiner Mutter. Als sie mir dann in dem Traumbild entschwinden wollte, rief ihr nach:

»Ich habe die Liebe gefunden!« Ob sie es noch gehört hat, weiß ich nicht mehr. Aber ehe sie in einem Traumnebel verschwand, sah sie mich noch einmal an und nickte mir zu.

Von dieser Nacht an benutzte ich nachts mein Katzenklo, wenn es nötig war, und Susi konnte die ganze Nacht durchschlafen, bis ich sie um Punkt sechs Uhr dreißig mit leisem Maunzen weckte. So leicht war das aber gar nicht, denn meine Susi brauchte morgens einige Zeit, um zu sich zu kommen. Manchmal schlief sie auch gleich wieder ein. Dann sprang ich auf ihr Bett und kitzelte sie mit meinen Barthaaren im Gesicht. Das half immer und prompt, denn sie mußte lachen, weil sie sehr kitzlig war. Ich freute mich dann über meinen Erfolg und ging vor ihr her in die Küche, um ihr zu zeigen, daß ich Hunger hatte und gern frühstücken würde. Sie machte mir dann auch mein Schüsselchen fertig und setzte sich im Bademantel an den Küchentisch, um ein Glas Quellwasser zu trinken. Es dauerte immer eine Weile, bis meine Susi völlig wach war, denn sie war ein Morgenmuffel, wie es in der Menschensprache heißt. War sie dann endlich gewaschen und angezogen, saß ich schon an der Wohnungstür und wartete auf unseren gemeinsamen Spaziergang. Wir gingen über und um den ganzen Parkplatz herum, wo ich mir ein geeignetes Plätzchen für mein Morgenpfützchen suchte und oft auch gleich noch mein großes Geschäft erledigte. Erst dann konnte Susi nach unserer Rückkehr ihren Morgenkaffee genießen und die Zeitung lesen. Während dieser Zeit unterzog ich mich einer gründlichen Reinigung und schlief anschließend in meinem geliebten Sessel einige Stunden. Das nutzte Susi meist, um notwendige Einkäufe oder Arbeiten zu erledigen, bei denen sie mich nicht gebrauchen konnte.

Meine Wunde verheilte schnell, aber es dauerte lange Zeit, bis das Fell nachwuchs. Außerdem war das Mittel, was der Tierarzt zum Desinfizieren benutzt hatte, lila, und es dauerte Monate, bis es verblaßte. Es entstellte mich völlig, und ich sah aus wie ein Clown. An den schon recht kalten Herbsttagen spürte ich die operierte Stelle ohne Fell unangenehm, besonders wenn es win-

dig war. So strebte ich bald wieder nach Hause. Die Herbstabende in der warmen Wohnung waren sehr gemütlich. Oft spielte meine Susi mit mir. Sie hatte mir Tischtennisbälle gekauft und kleine, mit Fell bezogene Mäuse und auch einen Stab, an dem an einem langen Faden ein hüpfender Gummiball mit bunten Fransen hing. Mit dem habe ich mir oft die Zeit vertrieben. Susi hat mir auch ab und zu einen Tischtennisball zugespielt, und ich habe ihn genau in ihre Richtung zurückgekickt.
Auch das Fenstergucken hat mir mein Frauchen beigebracht. Wenn sie morgens ihr Bett machte oder es abends aufdeckte, öffnete sie das Fenster zum Lüften und stellte einen kleinen Sessel davor. Mit viel Geduld und nach mehreren Versuchen brachte sie mich endlich soweit, daß ich erst auf den Sessel sprang und meine Vorderpfoten auf die Lehne stützte, um von da aus auf den Parkplatz vor dem Haus zu blicken. Erst einige Zeit später sprang ich dann auch auf das Fensterbrett, um hinaus zu schauen. Ab und zu haben wir auch beide zusammen beobachtet, was so alles auf dem Parkplatz los war. Manche Autos fuhren fort, andere kamen an oder parkten ein, oder es kam ein Hund am Fenster vorbei, der gerade mit seinem Herrchen oder Frauchen Gassi ging. Eigentlich gab es da immer etwas zu sehen.

Eines Tages ging mein Frauchen zweimal am Tag ohne mich weg. Jeden Morgen gleich nach dem Frühstück gegen acht Uhr dreißig ging sie fort und kam nach einer Stunde wieder zurück. Dann erzählte sie mir von einem Kätzchen, das sie vier Tage lang betreute und ihm Futter machte. Es hieß Moritz, war aber ein Weibchen und schon siebenundzwanzig Jahre alt. Leider war es fast blind. Frau Stein, der die Katze gehörte, hatte sie zu ihrem fünfzigsten Geburtstag als nur wenige Wochen altes Kätzchen geschenkt bekommen. Sie mußte vier Tage weg fahren und hatte mein Frauchen gebeten, das Tier so lange zu betreuen. Wie ich meine Susi kannte, machte sie das sehr gern. Frau Stein war vor fünf Jahren aus Westfalen hierher gezogen und hatte den damals zweiundzwanzigjährigen Moritz mitgebracht. Moritz war von klein auf ein Wohnungskätzchen, rabenschwarz mit runden Augen, die durch die beginnende Erblindung blau schimmerten. Er oder sie war nicht sehr groß, vielleicht auch vom Alter schon etwas geschrumpft. Als er klein war, vermutete man, daß es ein Kater sei und taufte ihn auf den Namen Moritz. Später stellte sich dann heraus, daß Moritz ein Weibchen war, aber sie behielt den Namen. Mein Frauchen erzählte mir, daß Moritz auch einen Lieblingssessel habe und auf einem Lammfell darin liege und schlafe. Trotz seiner schlechten Augen fand er sich überall in der Wohnung zurecht und zeigte meiner Susi, wo sein Futterplatz war und daß er sein Katzenklo unter dem Küchentisch benutzt hatte. Mein Frauchen machte alles sauber, wärmte ihm sein Futter und schnitt es klein, gab ihm frische Teller und füllte eine dicke schwere Kristallvase, die auf dem Wohnzimmertisch stand, mit Wasser. Moritz benutzte nur diese Vase, um seinen Durst zu stillen. Frau Stein hatte meiner Susi alles ganz genau erklärt und ihr gezeigt, wo alles stand, was für die Versorgung von Moritz nötig war, ehe sie ihr die Wohnungsschlüssel gegeben hatte.

Moritz hatte gleich Vertrauen zu meiner Susi. Den ersten und zweiten Tag ging auch alles recht gut, und Moritz genoß seine verdiente Ruhe in seinem Sessel und sein gewohntes Futter. Am dritten Tag aber führte er nach dem Fressen mein Frauchen auf den Korridor hinaus und ging dann in Frau Steins Schlafzimmer um einen Sessel herum. Dann sprang er auf ihr Bett, auf dem ein kleines gesticktes Kissen lag, legte sein Köpfchen an das Kissen und sah mein Frauchen mit seinen halbblinden Augen fragend an. Gerührt streichelte Susi den kleinen mageren Körper der Katze, nahm sie auf den Arm und sagte tröstend zu ihr, daß ihr Frauchen bald wieder zu ihr zurückkommen und Susi sie so lange versorge würde. Dann setzte sie die Katze wieder auf ihr Fell im Sessel und blieb noch einige Zeit streichelnd bei ihr sitzen. Als sie sah, daß Moritz sich langsam beruhigte und wieder schlafen wollte, verließ mein Frauchen die Wohnung und erzählte mir alles. Frauchen hatte Frau Stein alles aufgeschrieben und geschildert, wie sehr Moritz sein Frauchen vermißt hatte. Darüber freute sie sich sehr, als sie von ihrer Reise zurückkehrte und ihren Moritz so gut versorgt vorfand. Drei Wochen später ist der kleine Moritz an Altersschwäche im Schoß seines geliebten Frauchens friedlich verstorben und in das Reich der Katzengöttin entschwunden. Meine Susi war darüber ebenso traurig wie Frau Stein, die nun nach so vielen Jahren eine treue und liebevolle Freundin und vierbeinige Lebenskameradin verloren hatte. Drei Wochen nach dem Tod des kleinen Moritz schenkte Frau Stein meiner Susi einen wunderschönen Transportkorb und viel Zubehör, weil sie es nun nicht mehr brauchte. Dieser Korb war nur einmal beim Umzug benutzt worden.

Bei uns kehrte nun wieder die gewohnte Regelmäßigkeit ein. Meine Susi ging morgens und abends nicht mehr eine Stunde weg, sondern spielte wieder öfter mit mir. In unserer Wohnung waren immer alle Türen offen. Da konnte ich herrlich durch alle Räume sausen oder mich irgendwo verstecken. Es kam vor, daß ich vom Garten aus in rasendem Tempo bis ins Schlafzimmer flitzte und von dort aus durch Wohnzimmer, Küche und Balkon wieder zurück in den Garten. Wenn meine Susi bei der Gartenarbeit war, beobachtete ich jeden Handgriff und paßte genau auf, daß nur ja nichts verändert wurde. Meistens entfernte sie aber nur das Unkraut und hackte die Erde wieder locker. Meiner Ansicht nach tat sie das deshalb, damit ich mir leichter ein Loch buddeln konnte, wenn ich ein dringendes Geschäft machen mußte. Angst hatte ich immer, wenn sie den Rasenmäher aus dem Keller holte. Solange der Motor nicht eingeschaltet war, verfolgte ich aber jede Handlung mit großem Interesse. Setzte ihn Susi aber in Gang und fuhr damit über die Rasenfläche, hielt ich mich lieber außerhalb des Gartens auf. Auch Paul kam oft, um im Garten zu graben oder etwas um- oder neuzupflanzen. Da paßte ich ganz genau auf, daß nichts verändert wurde und lag nicht weit von ihm entfernt wie ein Polizeihund.

An einem Vormittag in diesem Frühjahr überraschte ich meine Susi mit einem großen Geschenk. Auf meinem Streifzug durch den Garten und seine nähere Umgebung hatte ich einen jungen, unerfahrenen Spatz erbeutet und trug ihn nun stolz und voller Freude ins Wohnzimmer, wo ich ihn Susi vor die Füße legte. Der kleine Kerl war noch in seiner Schreckstarre, so daß mein Frauchen erst dachte, er wäre tot, doch plötzlich flog er unversehrt auf den Korridor und blieb voller Angst an der Wohnungstür sitzen. Susi fing ihn vorsichtig ein. Ich folgte ihr und sah sie erwartungsvoll an. Sie hielt ihn in ihrer Hand und stellte fest, daß er völlig unverletzt war. Da streichelte sie mich mit der anderen Hand liebevoll und bedankte sich bei mir. Ich war voller Stolz und freute mich. Dann sagte sie aber: »Weißt du, lieber Charly, der kleine Kerl möchte ebenso gerne leben wie du. Ich freue mich sehr, daß du ihn nicht verletzt und auch daß du ihn mir geschenkt hast. Seine Mutter wird sehr besorgt um ihn sein. Außerdem klopft sein kleines Herzchen so sehr, daß es besser ist, wenn wir ihm wieder die Freiheit schenken, aber es war sehr lieb von dir, daß du ihn mir gebracht hast.« Dann ging sie mit ihm auf den Balkon, und er flog zwitschernd in den hellen Frühlingstag. Dieser Schreckenstag wird ihm wohl sein Leben lang in Erinnerung bleiben, und er wird künftig besser aufpassen, daß ihm solch ein Mißgeschick nicht wieder passiert. Für mich war es aber eine Genugtuung, meiner Susi zu zeigen, wie sehr ich sie mag und wie dankbar ich für ihre Liebe bin.

Einmal im Jahr wurde der Zaun mit einer übelriechenden farblosen Flüssigkeit bepinselt. Paul strich von außen den Zaun damit ein und Susi von innen. Da ich aber den Geruch nicht mochte, lag ich bei dieser Aktion in größerer Entfernung des Gartens als sonst und kam erst wieder, als alles vorbei war. Nach einigen Tagen war der Geruch aber fast völlig weg, und ich konnte wieder ohne Abscheu durch den Zaun kriechen oder mich unter einen Busch legen, um zu dösen oder die vielen Käfer, Bienen und sonstiges Getier zu beobachten, die es in den warmen Monaten im Garten gab. Besonders gern mochte ich die Grashüpfer, denn immer, wenn ich in ihre Nähe kam, hüpften sie woanders hin. Aber es waren oft so viele, daß ich gar nicht mehr wußte, welchen von ihnen ich verfolgt hatte. Sie waren vor und hinter mir und überall, so daß ich das Spiel mit ihnen bald aufgab. Da waren die Mai- oder Junikäfer schon interessanter. Sie flogen langsam und erzeugten dabei Brummtöne, oder sie krabbelten auf einem Blatt herum. Einmal hatte ich einen an einer Vorderpfote, der sich so festhielt, daß ich ihn kaum abschütteln konnte und zeitweise auf drei Beinen durch den Garten hüpfte, bis er endlich die Balance verlor und davonflog. Ganz besonders liebte ich die Schmetterlinge, die man überhaupt nicht hörte. Ihre bunten Flügel schimmerten in der Sonne oft in allen Farben. Hatten sie eine Blüte erreicht, dann klappten sie ihre zarten Flügel auf und zu. Da saß ich oft staunend davor. Manchmal gelang es mir auch, einen zu erhaschen und aufzufressen.

Wenn es geregnet hatte und die Gartenerde noch feucht war, habe ich meine Susi auch oft mit eigenen Malereien überrascht, die ich auf dem großen, bis zum Boden reichenden Spiegel im Schlafzimmer fabrizierte. Wenn ich gerade ein Loch im Gartenbeet zugebuddelt hatte und meine Pfötchen naß und dreckig waren, stürmte ich ins Schlafzimmer und stellte meine Vorderpfoten an den Spiegel, rutschte damit über die Glasfläche und erzeugte dadurch schöne Muster. Anfangs war Susi von diesen Malereien nicht sehr begeistert, aber seit sie aus einer Studie aus Amerika wußte, daß Katzen auch gern malen, ließ sie diese Gebilde oft tagelang stehen und betrachtete sie in stillen Stunden voll Bewunderung und Interesse. Gern hätte sie mir sicher auch Farbtöpfe hingestellt, aber sie fürchtete, daß die Wohnung für solche Experimente zu klein sei und sich die Spuren der Farben auf dem Teppichboden und den teuren Teppichen abzeichnen würden. So blieb mir also nur der Spiegel, um meinen Phantasien und der Hingabe an die Kunst Ausdruck zu verleihen.

Wenn meine Susi mit dem Rentnerclub etwas vorhat oder einen Ausflug mitmacht, der sich bis in die Abendstunden erstreckt, dann kommt die liebe Frau Bruhn aus dem Nachbarhaus, um nach mir zu sehen und mich in den Garten zu lassen, damit ich mein Geschäft erledigen kann. Diese Frau meint es sehr gut mit mir, aber ich habe immer etwas Angst vor ihr, weil sie sehr laut spricht. Ich denke dann immer, daß sie mich ausschimpft, und vermisse die sanften Töne meiner Susi. Aus Angst, daß mein liebes Frauchen nicht wiederkommen oder ich den Zeitpunkt ihrer Rückkehr verpassen könnte, bleibe ich dann meist in der Wohnung und gehe nur mal nach draußen, um ein Pfützchen zu machen. Frau Bruhn bekommt die Schlüssel zu unserer Wohnung, macht auch frisches Futter auf meinen Teller, streichelt mich und wartet, bis ich etwas gefressen habe. Ehe meine Susi die Wohnung verläßt, schreibt sie Frau Bruhn immer alles auf, was nötig ist, und diese schreibt dann darunter, was in Frauchens Abwesenheit geschehen ist. Da freut Susi sich, wenn sie heimkommt, daß ich artig war, und weiß gleich alles, was in ihrer Abwesenheit geschehen ist. Das sieht dann ungefähr so aus.

Liebe Frau Bruchen,

Es ist 13^{30} und ich gehe jetzt los. Bin ca. 19^{00} oder 19^{30} zurück. Charli liegt im Garten. Wenn nötig, können Sie ihm zwischen 16^{00} u. 17^{00} frisches Futter hin stellen. (Steht auf dem Küchenschrank). Bitte alles klein schneiden. Vielen Dank für alles und viele liebe Grüße

von Susi und Charli

$16^{\underline{55}}$: Charli liegt auf der Balkontreppe u. schläft. Futter habe ich ihm auf den Teller gemacht. Alles in Ordnung.

$17^{\underline{50}}$: Charli liegt immer noch auf der Treppe. Er hat noch nicht gefressen. Es ist ihm wohl zu warm.

$19^{\underline{10}}$: Alles wie bisher. Sonst alles in Ordnung

Schlaft gut, Ihr beiden.

Bt.

Anfangs hatte ich große Angst, wenn meine Susi badete. Schon das Einlaufen des Wassers war mir ungewohnt und fremd, und das Gefäß, das man Badewanne nennt, habe ich noch nie von innen gesehen. Ich wage es einfach nicht, mit den Vorderpfoten an der Außenwand hochzuklettern und darüber zu schauen. Irgendwie habe ich immer das Gefühl, daß durch das Rauschen des Wassers beim Einlaufen in das Ding eine Gefahr droht oder besteht. Wenn meine Susi da hineinsteigt, ich dann nur noch den Kopf und die Schultern sehe und das Plätschern des Wassers höre, liege ich angsterfüllt an der offenen Badezimmertür und warte darauf, daß sie heil und ganz aus dem Gefäß wieder heraussteigt, und freue mich dann mit ihr, daß diese Prozedur vorüber ist. Wenn sie aber nur ein Fußbad macht, ist das etwas anderes. Da wage ich mich schon mal an den Rand der Schüssel und betrachte gespannt, wie sich die Zehen im Wasser bewegen. Einmal habe ich sogar mit der Pfote nach ihnen gehascht, sie aber schnell wieder zurückgezogen, weil es so naß und warm war. Schlimmer ist aber der Geruch von dem Zeug, das sie in das Wasser hineinschüttet. Für meine empfindliche Nase ist es nicht angenehm, davor zu sitzen. Wenn die Fußpflegerin, die jeden Monat kommt, anschließend Frauchens Zehen mit surrenden Instrumenten bearbeitet oder gar mit einer Zange und anderen Gegenständen hantiert, erinnert auch das an die Tierarztpraxis, und ich habe Angst um meine Susi. Aber sie lacht dann nur und tröstet mich mit den Worten: »Du brauchst das nicht, kleiner Charly, aber Frauchens Füße sind schon alt und krank. Sie mußten dein Frauchen ein Leben lang tragen und haben die Pflege nötig und verdient.« Dann hat Susi auch immer gute Laune, weil die Füße nicht mehr schmerzen. Ich freue mich mit ihr, und wir spielen mit den Tischtennisbällen.

Seit meiner letzten Operation war ich nicht wieder krank und verbrachte an Susis Seite eine glückliche und freudvolle Zeit. Ich bin nun das vierte Jahr bei ihr und antwortet auf jede Frage. Wir verstehen uns großartig. Bin ich einmal allein im Garten oder im Hof und komme zurück, gehe ich zu ihr und meldet mich mit einem leisen Mauzton zurück. Kommt sie vom Einkaufen, begrüßt sie mich liebevoll und bringt mir meist etwas Schönes mit, mal einen gegrillten Hühnerflügel, von dem sie mir das Beste kleinschneidet. Den Rest vom Knochen knabbert sie dann selbst ab. Auch frische Sprotten sind als Mitbringsel willkommen. Eine oder zwei entgrätet sie und zupft sie für mich in kleine Stücke. Dann streiche ich ihr oft liebevoll um die Beine und bedanke mich für ihre Liebe.

Seit dem letzten Herbst schlafe ich nachts mit Susi in ihrem Bett. Susi liegt unter der Decke und ich darauf neben ihr. Das kam durch meine morgendliche Weckaktion. Dabei merkte ich, welch wunderbar weiche Decke über Susis Bett gebreitet war und wie herrlich man sich da hineinkuscheln konnte. So etwas hatte ich in meinem ganzen Leben noch nicht gesehen und unter meinen Pfoten gespürt. Einmal, als am Morgen das Bett noch nicht gemacht war, der Wind den Regen an die Fensterscheiben peitschte und an einen Spaziergang nicht zu denken war, habe ich mich voll Wonne auf die Decke gelegt und weiter geschlafen. Seitdem gibt es, außer meinem Frauchen, nichts, was ich mehr liebe als diese Decke. Oft muß ich aber daran erinnern, daß bald Schlafenszeit ist. Den Auftakt dazu gebe ich, indem ich meinem Frauchen zeige, daß ich spielen will. Das ist fast immer so um halb acht. Nachdem ich dann eine Zeitlang alle meine Tischtennisbälle mit Susis Hilfe durch die Wohnung gejagt und überall verstreut habe, ist Fenstergucken angesagt. Susi räumt geduldig alle Blumentöpfe von dem Fensterbrett und öffnet das Fenster für mich. Das Auflesen der zerstreuten Bälle ist meines Erachtens eine gute Gymnastik für Susi. Während ich am Fenster das Wetter studiere, bereitet mein Frauchen schon unser Nachtlager vor, was natürlich nicht heißt, daß es schon ins Bett geht. Jetzt, wo es draußen ruhiger wird und die Kinder nicht mehr lärmen, ist meine Ausgehstunde. Die meisten Autos stehen wieder auf dem Parkplatz, so kann ich bei Gefahr in Dekkung gehen. Frauchen macht mir die Haustür auf und sieht ab

und zu aus dem offenen Fenster nach mir. Durch diesen Alleingang soll ich mir meine Selbständigkeit erhalten. Die weiteren Vorbereitungen zum Zubettgehen erfolgen dann erst nach neun Uhr. Denn um diese Zeit ruft Paul mein Frauchen an oder auch umgekehrt, um »Gute Nacht« zu sagen. Sie erzählen sich dann die Ereignisse des Tages und was sie für die nächsten Tage planen. Da das Fenster auf ist, kann ich auch das Klingeln des Telefons hören, wenn ich in der Nähe der Haustür sitze. Um diese Zeit huschen auch schon flinke Fledermäuse durch die Dämmerung, um entlang der Haustüren Insekten zu finden. Ich schaue ihnen oft nach und würde zu gern wissen, wie sie schmecken. (Sie zu fangen ist aber fast unmöglich, weil ihr Gehör noch viel feiner ist, als das von uns Katzen. Außerdem halten sie sich nie am Boden auf, sondern hängen mit dem Kopf nach unten irgendwo unter Dächern oder in Höhlen, um zu schlafen.)
In dieser stillen Abendzeit spiele ich auch oft in der Nähe des Hauses mit kleinen Steinchen oder einem Stück Baumrinde, das gerade auf dem Weg liegt. Kommt aber jemand den Gehweg entlang, verschwinde ich unter einem Auto, bis der Fußgänger vorbei ist. Meine Susi schaut oft aus dem offenen Fenster nach mir, wenn sie mich alleine draußen weiß. Sie beruhigt mich dann mit den Worten: »Frauchen paßt auf«, wenn sie das Gefühl hat, daß ich beunruhigt bin oder mich einsam fühle. Wenn es dann so gegen zehn Uhr ist, ruft sie mich mit meinem Namen oder läßt den Schnalzlaut, der wie das Quaken von Fröschen oder das Klappern der Störche klingt, erklingen. Daraufhin gehe ich meist sofort zurück zum Haus, wenn ich einmal etwas weiter weg bin. Bald erscheint sie dann an der Haustür, um mich hereinzulassen. Gehe ich dann brav die Stufen zur Haustür hoch und im Haus die restlichen Stufen bis zur Wohnungstür, dann streichelt mich Susi mit lobenden Worten. Nun geht es erst einmal zum Futterplatz in der Küche, wo ich abends noch eine Kleinigkeit zu mir nehme. Da habe ich es aber gern, wenn Susi dabei steht und mir notfalls den Teller umdreht, falls das Futter wieder nach hinten gerutscht ist. Wenn dann alle Geräte ausge-

schaltet und das Licht ausgeknipst ist, verschwindet Susi im Bad und ich im Schlafzimmer auf dem Teppich, um mich zu putzen. Dann endlich kommt für mich die Krönung des Tages. Wenn Susi in ihrem Bett liegt, die Nachttischlampe ausschaltet und froh ist, daß sie nun endlich ruhen kann, springe ich über sie hinweg auf die kuschelweiche Decke und suche mir voll Wohlbehagen zwischen Susi und der Wand meinen Schlafplatz. Ihre liebe Stimme sagt noch einige Koseworte, und ihre Hand gibt mir noch Streicheleinheiten für die lange Nacht. Oft bedanke ich mich, indem ich ihre Finger ablecke, wenn ich gerade beim Putzen bin. Bald hört mein Schnurren auf und führt uns in das Land der Träume, während der Mond seine allnächtliche Bahn zieht, und die Geräusche des Tages langsam verstummen.

Wenn diese Erzählung ein Märchen wäre, könnte ich jetzt schreiben: »Und wenn sie nicht gestorben sind, so leben sie noch heute.« Doch diese Geschichte ist wahr und Charly und Susi erfreuen sich nach wie vor bester Gesundheit.

Noch sind wir am Leben und keiner weiß, wer von uns diese schöne Welt zuerst verlassen muß. Wird es mich treffen und den kleinen Charly allein zurücklassen? Muß er in seinem Alter wieder lernen, ohne meine Liebe und Fürsorge auszukommen? Oder wird er es sein, der mich zurückläßt in meinem Schmerz um seinen Verlust und das Fehlen seiner liebevollen Treue?

In einem alten Buch von Bruno H. Bürgel fand ich einmal folgenden Vers, mit dem ich diese Erzählung beenden will:

Denn was bleibt?
Ein kleiner Hügel
Drüber mit dem leichten Flügel
Froh ein Sommerfalter fliegt.

im hohen Klee

Charly wartet auf den Spaziergang

müde vom Spiel

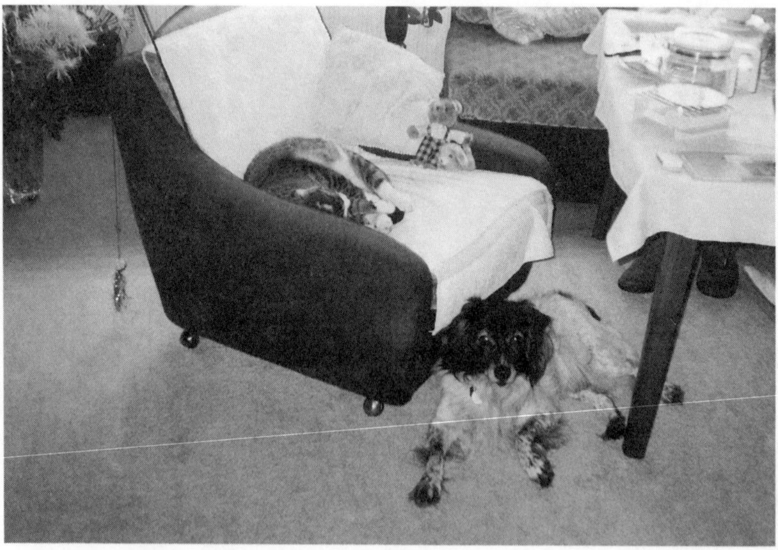

Charly und Bobby